Ma chère Margot,

roman

Données de catalogage avant publication (Canada)

Le Maner, Monique
    Ma chère Margot,
    (Roman)
    ISBN 2-89031-415-4

    I. Titre.

    PS8573.E531M3 2001   C843'.6   C2001-940744-0
    PS9573.E531M3 2001
    PQ3919.2.L45M3 2001

Nous remercions le Conseil des Arts du Canada ainsi que la Société de développement des entreprises culturelles du Québec de l'aide apportée à notre programme de publication. Nous reconnaissons également l'aide financière du gouvernement du Canada par l'entremise du Programme d'aide au développement de l'industrie de l'édition (PADIÉ) pour nos activités d'édition. Gouvernement du Québec – Programme de crédit d'impôt pour l'édition de livres – Gestion SODEC

Mise en pages : Sophie Jaillot
Maquette de la couverture : Raymond Martin
Illustration de la couverture : Photographie de famille

Distribution :

Canada
Dimedia
539, boul. Lebeau
Saint-Laurent (Québec)
H4N 1S2
Tél. : (514) 336-3941
Téléc. : (514) 331-3916
general@dimedia.qc.ca

Europe francophone
Librairie du Québec / D.E.Q.
30, rue Gay Lussac
75005 Paris
France
Tél. : (1) 43 54 49 02

Dépôt légal : B.N.Q. et B.N.C., 3ᵉ trimestre 2001
Imprimé au Canada

Monique Le Maner

Ma chère Margot,

roman

Triptyque

Ma petite Margot,

Je ne sais plus faire de belles phrases, des phrases comme je t'en écrivais à l'école, si belles, si longues aussi que tu disais ne plus savoir si elles venaient des livres ou de moi.

Ta lettre, là jetée par le gentil facteur, reposait sur le carrelage de mosaïque dans un rai de soleil. Je l'ai vue tandis que je descendais, à la fois svelte et majestueuse, le grand escalier de marbre de ma grande maison.

Alors j'ai pris cette lettre, je veux dire ta lettre et le faire-part, j'ai dû froncer les sourcils, tu me connais, tiens, je le fais en ce moment, rien que pour toi, en espérant te faire rire. C'est idiot, hein, des bêtises pareilles à nos âges. Alors, imagine, ouvre bien grandes tes oreilles, ta Doudou le clown, celle qui riait toujours quand elle était jeune, eh bien elle a pris la lettre avec le faire-part dedans, elle a reconnu l'écriture ronde de sa vieille amie, elle l'a ouverte et je te retrouve.

Tu sais comme je suis, ma Margot, je ne t'avouerai pas pour tout l'or du monde que j'ai de la peine, de peur de t'attrister davantage. Bon, d'accord, la mort d'un père, ce n'est jamais drôle mais je suis sûre que tu vas passer au-dessus de cette épreuve, je dis bien par-dessus et d'ailleurs, j'ai beaucoup aimé ton poème au dos du foutu faire-part. Incroyable. Tu te rends compte, ça fait vingt ans qu'on s'est vues. Vingt ans pour, un beau matin, reconnaître ton écriture de tordue à travers les trous de ma boîte aux lettres. Quoi ? Qu'est-ce que tu racontes ? Quel gentil facteur ? Qui t'a parlé d'escalier de marbre ?

Bon, je m'affole, je m'essouffle, poussive, il ne m'en faut pas beaucoup. Je n'arrive pas à retrouver l'enveloppe. Il y a un tel désordre ici, des fois je me demande si quelqu'un ne vient pas l'empirer dans la nuit noire pendant que je dors ou que j'essaye de dormir, cramponnée à ma paillasse. Tu avais peut-être mis le bon nom, la bonne adresse, tout bien fait et c'est par hasard si ta lettre s'est retrouvée au-dessus de la boîte et pas dedans. Parce qu'elle était sur le dessus, je m'en souviens maintenant. Tiens, je suis sûre que c'est par pure méchanceté. Parce qu'on ne sait pas avec ce facteur cocher. Il a l'air gentil comme ça, mais je peux te dire qu'il a une belle face d'hypocrite.

Ma chérie, si tu savais comme je suis heureuse. De t'avoir retrouvée. Même si ce n'était pas si difficile de te retrouver parce que d'après ce que je peux voir, toi et les déménagements, ça fait deux. Toujours dans ton petit village à la Gnangnan, hein ? J'aimerais en savoir plus sur toi, ce que tu fais et tout et tout. Bien sûr, je serai là, à l'enterrement, peut-être en retard, tu m'excuseras. Tu m'excuseras aussi de ne pas te parler de ton père plus que ça, je ne le connaissais pas bien.

En tout cas, il y a une chose que je ne comprends pas. Quitte donc le gnangnan et viens en ville. Tu me dis que tu fais des remplacements dans les écoles primaires des environs. Ici, je suis sûre que tu trouverais un vrai travail, je te vois déjà, entourée de tes poussins, superbe, les lichant de ta tendresse laiteuse. Et puis, avec le talent que tu as, tu pourrais travailler avec moi au journal. Parce que je travaille dans un journal. Depuis cinq ans, dix, vingt ans, est-ce que je sais, moi ?

Ô Margot, je ne t'enverrai peut-être jamais cette lettre. Et puis, je ne suis pas obligée de te répondre, je n'ai qu'à être là demain, dans notre Gnangnan-sur-mer, perdue dans le brouillard des souvenirs devenus trop vagues pour que l'on se souvienne de leurs angles, qui ne font plus ni chaud ni froid.

J'exerce le glorieux métier de journaliste, non, pardon madame, de journaliste en chef. Dans un journal, bien sûr. Où veux-tu que ce soit ? Enfin, c'est pour l'alimentaire, tu comprends bien. Pour le reste, le vrai reste, publié deux gros livres, trois fois gros comme moi, c'est pas peu dire, et puis bientôt un troisième, énorme. Pas encore la gloire que tu m'avais prédite à l'école, mais ça viendra. Oui, je te vois d'ici en train de secouer tes cheveux blonds longs raidissimes, avec ton sourire de madone à la guimauve, et tu répètes doucement : « Tu es sur la bonne voie, Doudou, tu verras, ça viendra. »

C'est quand même extraordinaire d'écrire tant de bêtises à mon âge, à croire que je ne change pas. Tu te souviens, bien sûr, tu ne fais que ça depuis que tu lis cette lettre si insipide qu'il est de plus en plus certain que tu ne la liras jamais, pour la bonne raison que je ne te l'enverrai pas.

Très chère vieille amie,

Tu ne pourrais savoir combien cet affreux faire-part m'a attristée quand je l'ai aperçu, glissant négligemment sur la rampe de mon escalier vermoulu.

Au fait, je voulais te dire, je n'ai pas du tout aimé ton poème, il m'a fait peur comme tout en toi me faisait peur. Écoute, je vais te dire quelque chose : quand je veux rire un peu, je sors tes poèmes. Tu en écrivais partout, tu te souviens, dans les rues, pendant les cours, la nuit, en marchant. Assommants. Et tu me demandais, non, tu me suppliais de les lire. Allez, ma grosse Doudou, dis-moi ce que tu en penses... Tu t'excusais, tu t'excusais toujours. Je ne suis pas aussi bonne que toi, me disais-tu. Il n'empêche que beau temps, mauvais temps, tu me les refilais en douce et qui devait se taper la lecture et puis : « C'est très bien, Margot, sensible, si sensible ! » Je me souviens d'un du genre :

Quand la lune sur le toit glisse
sur ses pieds d'argile,
danse sur les tuiles luisantes,
je tourne mon visage, implorante,
vers le silence de la nuit d'encre.

MAU-VAIS !

Ma chère Margot,

J'ai bien reçu la triste nouvelle qui m'attendait ce matin dans ma boîte aux lettres au bas de l'escalier de l'immeuble que j'habite au cœur de la grande ville. Je ne sais quoi te dire sinon que je partage ta peine. Je serai là. Merci d'avoir pensé à une vieille amie qui sera très heureuse de te revoir même en ces tristes circonstances, et de revoir aussi son cher village. D'après le petit mot que tu as écrit avec le poème très touchant au dos du faire-part, il semblerait que ça va pour toi. Pour moi aussi, ça va. Un peu débordée, comme tout le monde. Je te parlerai plus longuement quand on se verra.

À bientôt donc, ma vieille amie. Je suis de tout cœur avec toi en ces moments douloureux.

Ta Doudou

Le sentier

Au fond de moi et de toi, il y a un sentier. Au fond du sentier, des fruits – était-ce des fruits rouges et remarquablement ronds – dont tu disais qu'ils étaient poison, des drôles de fruits en forme de cage ou plutôt de cœur ou de cœur en cage à fins barreaux translucides dont on se demandait, quand nous étions enfants, s'ils étaient, eux, comestibles.

Au fond de moi et de toi, il y a ce sur quoi s'ouvrait le sentier, ce sur quoi il se refermait. Au fond de moi et de toi, il y a ma main aussi et ta main sur la poignée du cartable et tes pas et les miens qui ne sonnent pas clair sur la terre battue comme ils le feront un peu plus tard sur l'asphalte de la rue quand nous déboucherons sur l'école rouge sur fond de ciel ouvert en deux.

Il y a l'entrée du sentier telle qu'éternisée en nous, c'est-à-dire rendue vague. Sous les arceaux, mais il n'y avait pas d'arceau, puis le milieu, là où étaient peut-être les fruits et la maison cimentée grise qui sent les poules et au-delà des lilas couleur lilas à droite, la légère courbure et la sortie ronde et chaude. Au fond de nous, pauvres folles, il y a ce sentier.

Un deux trois. L'asphalte goudron mou odorant d'avant l'entrée a disparu. Je ne me retourne pas. Je saute, lourde. La poussière lève, fouettée par le bas de la corde à danser – la longue, celle pour jouer à notre jeu préféré, la salade. À mi-chemin entre le quinzième pas après l'entrée et le premier léger coude vers la gauche où surgira à droite la branche droite supérieure du lilas lilas.

Le sentier a 100 mètres de longueur. Dans sa largeur maximale, après les poules, il a cinq mètres, nous disons tout cela approximativement bien sûr, il y a si longtemps. Les fleurs sont des marguerites, lilas, chardons, pétunias dans le jardin des poules. Les fruits sont pommes, abricots plus lointains, groseilles rouges et à maquereau en barbelés, fruits poison en cages de cœurs. Le sentier est habité par deux chats rayés, l'un en roux, celui qui te faisait peur, il avait la gale, et l'autre en gris, sur celui-là rien à dire, plus un chien pelé et quatre personnes que nous appelions les poules parce qu'elles empuantissaient notre sentier. Une terrible tragédie les a chassées, sinon elles y seraient encore, arc-boutées sur leur tas de fumier. Il y avait le père, la mère et puis Poil et encore Poil de carotte. Ces quatre gallinacés étaient les seuls à habiter le sentier en permanence, je veux dire en dehors des écoliers et écolières qui ne font que passer, comme toi et moi.

Les odeurs. Petite rédaction sur les odeurs.

Le sentier avait ses odeurs, tu ne pourrais pas dire le contraire, même qu'il les a gardées. J'en suis sûre, même si chaque jour – et ça n'a pas dû s'arranger avec les années – la terre a gratté la terre et la poussière, la poussière. Il y aurait sans doute au moins dix centimètres de différence entre la couche où notre corde a battu la poussière ce jour-là et la hauteur du sol aujourd'hui, après toutes ces années par rapport au centre de la terre, si je retournais dans le sentier qui est au fond de nous. Tiens, je suis sûre que tu t'en souviens, de la première, la toute première.

La première odeur qui vous happe, que vous suivez à la trace, une fois sous les faux arceaux, s'éveille bien avant les lilas et les poules, avant le léger coude, là où il y a le vieux mur et à droite la clôture de fer et le jardin derrière. L'odeur si vive alors, turbulente, qui, au fil des ans, fait de plus en plus dans les graves et s'essouffle.

L'odeur de la mort enfin, juste avant la légère courbure, qui ne s'en est pas tenue là, qui a imprégné tout le sentier et les arbres avec, inimaginable comme le sont la putréfaction et l'absence.

L'odeur de sang peut-être, avant, bien avant. Une fois sous les faux arceaux, avant les poules et le lilas, entre le vieux mur et la première clôture. L'odeur, sur la terre battue, d'une petite laideronne dans la poussière granuleuse. Le souvenir effacé d'une autre étreinte peinte en rouge, rouge brun, plus brun que rouge.

19

Chère Margot,

Un petit mot tout petit et ridiculissime, d'autant plus que tu le recevras après mon arrivée à Gnangnan et mon redépart, si du moins je l'envoie, et il n'y a rien de moins certain. Crois-le ou non, j'ai divagué au moins trois pages sur le sentier de notre enfance, celui qui est devant chez toi, qui décolle toujours du seuil de ta douce maison et mène à l'école, celui que nous empruntions chaque matin et chaque midi, chaque après-midi que Dieu et maman faisaient. Je me suis tout rappelé, stupide, hein ! jusqu'aux odeurs, à la tribu Péla, tu te souviens des Pellac qui sentaient mauvais, et j'en ai rajouté, les lilas par-ci, la poussière par-là, je te joins le texte. Non, ce n'est pas drôle, et tout ça à cause de ton crétin de faire-part.

Je ne te demandais rien, moi, tu l'as fait exprès, et ton poème ridicule sur le sentier. Mauvais, mauvais ! Je ne comprends pas comment je pouvais avoir la patience de te lire.

Il est beau le sentier, trou la la itou
Il est beau le sentier, troulaloulalaire
où sans peur ni sans crainte guère
nous allions naguère.
Dans les dédales de nos souvenirs mystiques
il ne reste qu'une brume bleutée
tachée de lourds étés
et de crimes en sourdine.

Ce n'est même pas ça que tu as pondu. C'est bien pire !
Ça ne se lit pas, ça se vomit à la petite cuiller.

Tout s'est passé juste avant les poules, là où il y a un
petit tournant à peine perceptible, la légère courbure. Car
notre sentier, ne t'en déplaise, n'est pas, n'a jamais été droit.
J'ai eu tout le loisir de le vérifier un jour quand, devenue
grande, j'étais revenue sur les lieux du crime avec toi, la
main bien au fond de la poche de mon imperméable. Non
mais, qu'est-ce que je raconte, c'est plus fort que moi, je
mens tout le temps.

Je pense que je devrais aller me coucher. D'abord, je me
lève tôt pour partir à Gnangnan et puis il ne fait pas bon veil-
ler trop tard ici, j'ai des voisins exécrables, tu ne peux pas
savoir ce qu'ils sont capables de faire si je les empêche de
dormir. Des fois ils se mettent à hurler, tous, en cadence,
jusqu'à ce que j'éteigne la lumière.

Ça s'est passé juste avant les poules. Ou encore plus avant. Il serait temps de raconter maintenant. Remettre un peu d'ordre.

Demain, j'irai à Gnangnan. Et on recommencera. On ne fait que ça, recommencer. On passe notre vie à ça. Crevant, hein ma poule ?

C'était une fin d'après-midi d'automne. Margot, Crabe et moi, et le sentier dont j'ai déjà parlé. Et les poules que l'on devinait plus loin mais qui se gardaient bien de se montrer, des fois qu'on leur serre le cou.

Il y avait la salade, le jeu. Margot et Crabe faisaient valser en cadence la grande corde à sauter, celle qu'on réservait pour tourner la salade, avec les poignées en bois rouge.

Elles riaient, je pense, ou peut-être étaient-elles exceptionnellement graves. Je ne sais pas, j'étais trop tout entière occupée à entrer mes lourds abats dans la salade. Entrer et sauter. Il faisait un petit vent frais ce jour-là et tout mourait autour de nous en silence, rentrait frileusement dans un automne que nous imaginions encore mystérieux. Et puis Margot a dit, sa voix a tinté dans l'air acide :

— Ça suffit, c'est au tour de Crabe.

Crabe avait onze ans comme moi, comme toi, Margot.

Il y a au fond de moi nos trois petites âmes, pas belles, défigurées par le rire crampant de l'enfance. Nos corps figés dans leur ébauche cagneuse. C'est un peu plus tard ce jour-là, après que le sentier eut recraché chez eux ses passants écoliers, que la Crabe a été retrouvée. Étranglée, juste avant les poules.

La brasserie

Ma chère petite Margot,

Je tenais, dès que je serais rentrée de notre cher Gnangnan, à t'écrire. Il me semble tout à coup que nous ne nous sommes jamais quittées tout à l'heure. J'aurais tant voulu ne pas te laisser dans cet état-là. Ma vieille Margot, tu semblais si fragile, si perdue, pourquoi ne pas venir en ville ? Un fantôme, tu avais carrément l'air d'un fantôme, ma chérie. Je m'arrête, ton regard me disait tout à l'heure que je te faisais peur. Je suis trop bavarde, tu as raison, je parle à tort et à travers.

C'est vrai, assez parlé de moi. Je me suis reproché de trop parler et toi, tu m'écoutais et je parlais comme avant. Tu te souviens ? Moi, je nous revois enfants, moi la balourde, toi la sylphide, bras dessus, bras dessous, sautillant plus que marchant dans les allées, caracolant, nos chaînettes d'enfant au cou. C'est exaspérant quand j'y pense, les petites joies que nous accumulions à plaisir, petites, si légères alors que c'en était un bonheur. Jusqu'à ce soir-là, Margot, précisément jusqu'à ce soir du sentier où l'insouciance devint entraînante vers le fond, froide et sentant le métal, premier maillon de la chaîne déjà cassée, pendue dans le vide.

Et voilà, je divague encore, incorrigible Doudou. Je t'écris pour te parler, être près de toi et je divague sur moi, comme d'habitude. Tu m'as dit tout à l'heure à la brasserie, tu te souviens de la brasserie toute chromée de la grand-place, tu ne peux pas ne pas te souvenir. Après l'enterrement, tu m'as demandé de ta voix entre nous un peu maniérée : « Tu écris toujours » avec un point d'orgue à la fin : « Tu écris toujououououours ? »

Et qu'est-ce que j'ai répondu, hein ? Dis-le, sinon c'est que tu ne m'écoutais pas, comme d'habitude. Alors qu'est-ce que je t'ai dit ? Toi, tu regardais dans la glace de la brasserie et ton reflet fadasse coulait. Dehors, sur la place et sur les marronniers aux moignons formidables, il pleuvait du gris et aussi de la pluie à l'intérieur, le long des chromes.

Je te regardais et j'avais l'impression que nous avions vingt ans, alors que, bon, je n'ai plus vingt ans, toi non plus d'ailleurs, disons depuis longtemps. C'est bizarre quand même, tout à l'heure nous avions vingt ans. Dans cette même brasserie dégoulinante. Tu m'as parlé de tes projets, tu n'arrêtais pas de parler, c'était épuisant. Je n'osais pas me boucher les oreilles, mais je l'aurais bien fait, je te jure. Ce que tu as pu dire comme bêtises. Un flot d'injures insupportable. Tu criais. Moi, je voulais parler de Crabe et tu me coupais la parole, tu me disais des choses si méchantes. Il paraît qu'ensuite, nous sommes repassées chez toi, que j'ai repris mon imperméable et que nous sommes allées faire un tour dans le sentier. Tout à l'heure. Il paraît que nous avions vingt ans.

Je reprends cette lettre de A à Z parce que, décidément, je divague sans queue ni tête. Je tenais simplement à te dire combien j'avais été heureuse de te revoir même en ces circonstances pénibles, je dirais même tragiques, il faut bien appeler un chat un chat.

Je voulais simplement te dire, enfin tu m'en as parlé toi-même à la brasserie, que tu étais contente que ton père soit mort, enfin tu voulais dire mort après une aussi longue et atroce maladie. Je comprends parfaitement que tu puisses être contente, je peux te dire que moi aussi je suis très contente.

Tu aurais pu me demander aussi, dans la fameuse brasserie, ce que je pensais de ton père. Pas grand-chose, je veux dire que je n'en pense pas grand-chose, je n'ai d'ailleurs rien à en penser.

Comme ta mère morte trop jeune, comme chacun le sait, et mes parents à moi. Pas morts jeunes, eux, à ce que je sache. J'aurais pu faire un détour pour aller les voir en bordure de leur tombe, en banlieue de Gnangnan-sur-mer. Et puis quoi encore.

Ma très très chère Margot,

Tu ne peux pas savoir combien te revoir même brièvement dans notre berceau commun de Gnangnan m'a réchauffé l'âme. Tu sais, je suis très heureuse, je dirais même très fière de t'avoir fait rire tout à l'heure dans cette brasserie. Je ne me souviens d'ailleurs pas pourquoi mais tu as ri. Et nous avons parlé d'autrefois, c'était bon de reparler de tout ça, notre enfance, tel ou tel visage oublié qui reprenait vie sous forme d'un nom, tel nom qui n'avait plus de visage, telles paroles ou odeurs qui voletaient avec grâce autour de nous, s'attardaient, glissaient sur les banquettes, chuchotaient avec les vitres et les chromes, un moment magique, c'est ça, un moment magique, ma Margot. Et nous parlions, à la fois intarissables et sans hâte, d'autrefois, quand j'allais chez toi après l'école pour manger le midi parce que moi, j'habitais loin de l'école, dans les faubourgs, et que toi tu habitais juste dans cette serre chaude sur laquelle débouchait le sentier. Le sentier, tu te rappelles le sentier ?

J'aimais ta maison, ta solitude de fille orpheline et unique, qu'on avait bien voulu laisser seule avec le souvenir de sa maman. J'aimais ta maison parce qu'elle était douce comme l'ombre sans cesse réinventée de ta mère, l'absence quotidienne de ton père et ta résignation de gnangnaneuse. Tout ce que nous n'avions pas, Crabe et moi. C'est peut-être pour ça que parfois, on te détestait si fort. Parce que je te haïssais, tu ne peux pas savoir à quel point. De la folie furieuse, et la Crabe aussi. Quand on repartait le soir, quand tu daignais nous offrir un goûter, Crabe, elle crachait sur ta porte à peine l'avait-elle refermée. « Tiens, disait-elle, voilà pour ta bonne, ta cuisine claire, tes draps qui sentent bon, ton cochon de père et ta messe du dimanche. » Moi, je ne crachais pas, mais je trouvais qu'elle n'avait pas tort. Dans nos antres à nous, ça ne sentait pas la rose. Crabe se dépatouillait tant bien que mal dans ses odeurs de chou-fleur. Moi, j'ouvrais la porte et je devais écarter tant de rideaux comme au théâtre pour aller de la porte d'entrée à ma chambre, tant de torchons à la peau glacée, des tas de torchons pendus au fil de fer, qui mettaient des jours à sécher, s'imprégnaient de nos sueurs et de nos haines, nuit après nuit nous écoutaient murmurants, plaintifs comme des linceuls.

En ce jour d'enterrement, je l'ai retrouvée ta maison proprette, jardin, hauts arbres indéracinables, motifs de fleurs collés à l'éternité et groseilles en barbelés. Je ne suis pas entrée. Je suis restée sur le seuil, comme étourdie, tu me faisais signe d'entrer et je ne pouvais pas. Il a fallu que tu insistes. Ça sentait la confiture et les odeurs du sentier qui entraient par tous les pores. Car tu avais laissé les fenêtres ouvertes exprès. Salope.

Margot,

Je ne sais pas pourquoi je m'obstine à t'écrire parce que je n'ai rien, mais absolument rien à dire sur cet enterrement. Je suis arrivée à 9 heures à la gare de Gnangnan. Le ciel n'avait pas changé ni le toit rouge brique des petites maisons qui n'avaient pas grandi. Le train s'est arrêté pour émettre le son exact que j'attendais de lui et moi je croyais, pauvre cruche, que Margot serait sur le quai. C'était mal la connaître ou avoir oublié. Exaspérante, il a toujours fallu que tu m'exaspères. Je m'étais préparée, naïve, à ton regard d'azur sur fond de gare. C'est chez elle qu'elle m'attendait, avec son fichu regard mer glacée sur fond de papier peint.

Elle a ouvert la porte, m'a emprisonnée, rabattu ses pattes d'araignée avec son air de fausse nitouche. Moi, je la regardais, clouée sur le seuil de sa maison, essoufflée par la marche dans le village traversé dans la brume de mes gros talons qui tapent sur le trottoir, ne rien voir, fenêtres fermées, rideaux tirés. Non, ne faites pas attention à moi, je ne fais que passer.

Elle me regardait, non plus frêle, mais sèche, son éternel corsage blanc amidonné, le ventre trop plat serré dans une jupe droite bleu marine, les cheveux recueillis tout en haut en un ridicule chignon. Et ses mains, ses mains qui s'avançaient vers moi, tiédasses, ses mains dont mon corps difforme de vieille fille obèse a toujours redouté le contact.

Je t'ai dit :

— Bonjour Margot.

Tu as souri.

J'aurais dû alors te crier que tu l'avais fait exprès d'envoyer cette saleté de faire-part, que rien de ce que j'avais pu t'écrire n'était vrai, que j'étais déjà complètement crucifiée à l'idée de devoir te répondre et revenir dans ce trou puant de Gnangnan, que je n'avais pas osé prendre le parti du silence, de la non-réponse, du déménagement sans laisser d'adresse, que je n'avais jamais publié, que mon immeuble chic avait été un immeuble branlant peuplé de sourds cafards avant de devenir une prison, que mes livres avant de naître étaient tous morts sans pousser un cri, que j'étais toujours aussi moche et puante, qu'il n'y avait pas plus d'escalier de marbre que de beurre en broche et que de vache qui pisse, que je ne travaillais pas dans un journal ou alors que ça faisait bien longtemps, quand j'avais vingt ans peut-être, et encore.

Elle s'effaçait, me laissait entrer dans la douce maison. Elle souriait. Et je lui rends son sourire et elle sourit de plus belle, ça aurait pu continuer longtemps comme ça. Elle a dû demander ce que j'étais devenue. Je lui ai dit que mon livre allait bientôt sortir, bien sûr je lui enverrais des exemplaires des deux autres déjà parus. Leurs titres ? *La colombe de l'espoir*, oui c'est ça, en deux tomes. Comment l'as-tu deviné ? Tu es formidable ! À part ça, ça va. Et toi ?

Elle a dit :

— Oh, moi…

Je me foutais complètement de ce qu'elle m'a raconté, qu'elle faisait des remplacements dans les écoles. Elle m'a dit qu'elle n'avait pas d'ambition, « pas comme toi », elle a ajouté, et elle a encore souri. Elle m'a dit les jours tous pareils, réglés aux heures du médicament et du repos du père, non, il n'exerçait plus depuis des années, en tant que médecin, tu comprends, il était bien placé pour savoir ce qu'il avait. Elle m'a raconté l'insignifiance et c'était la vérité et elle ne s'excusait même pas de ne pas m'envier la vie que je lui avais inventée.

Elle était assise dans le salon laid dans ce jour sans soleil. Elle avait une façon de tirer sur les manches de son corsage, assise du bout des fesses sur le bord du petit fauteuil à pivoines, comme si elle était en visite.

J'ai dit :

— Tu sais, je crois bien, enfin il me semble que je suis heureuse d'être avec toi aujourd'hui, Margot.

Elle m'avait attendrie.

Mon odeur, parce que je puais, j'ai toujours pué, saturait l'air de la pièce. C'était crevant. Nous sommes sorties.

Après, il y a eu de nouveau le dehors, l'église et le cimetière, et la brasserie. Et les miroirs, les nickels, j'ai déjà dit les chromes. J'ai dit aussi : « Quand même, tu devrais quitter Gnangnan maintenant que tu es vraiment seule. J'attendais ce moment-là depuis si longtemps. Maintenant qu'on s'est retrouvées, on ne va plus se quitter. Écoute, ne cherchons pas midi à quatorze heures, nous avons tout juste vingt ans et la vie devant nous. Je t'appellerai bien sûr, c'est vrai, on devrait s'appeler plutôt que de s'écrire, écrire, c'est bête, surtout quand on n'envoie pas les lettres. »

Et puis tout d'un coup, dans cette brasserie très ordinaire mais qui est devenue extraordinaire par la force des choses, de muette que tu étais, tu t'es mise à parler, parler, parler, c'était étourdissant, on n'entendait que toi et ta petite voix insupportable se répercutait contre les arêtes des chromes, et tu n'apercevais pas les regards des autres consommateurs accrochés à toi, tu parlais de plus en plus vite, personne n'arrivait plus à te suivre, on t'écoutait bouche bée. Ta voix appartenait au royaume des ombres et aussi ton reflet dans les vitres. Ce que tu disais n'avait aucun sens, des suites ininterrompues de pépiements hystériques d'oiseaux affolés. Quelqu'un a dit : « Il faudrait l'arrêter, elle va se rendre malade à pépier comme ça. » Tu faisais à ce moment-là dans les aigus. Insupportable. Aux tables, au comptoir, tout le monde se bouchait les oreilles. J'ai compris qu'il fallait qu'on sorte, que je t'emmène dans le sentier. Mais avant, qu'on repasse chez toi où j'avais laissé mon imperméable.

Et puis tout à coup, une fois dans le sentier, ta bouche s'est ouverte toute grande et on aurait dit que tu n'arrivais plus à la refermer. Pipipipiiii… Les lèvres qui remuaient avec tant d'agilité au début restaient maintenant figées et, bien sûr, tout a fini comme ça devait finir : dans un immense, interminable cri. Un cri d'épouvante venu des ombres, qui traversait les miroirs et la glu du sentier. Un cri qui me réveille encore la nuit.

Les poules

Il était cinq heures, tu te souviens Margot ? C'était une saleté de fin d'après-midi, il y a bien longtemps. Nous avions onze ans, douze à tout casser. Ce soir-là, tu te rappelles, Margot, l'odeur de la nuit ? Je ne l'ai jamais oubliée. Arrête de dodeliner de la tête en lisant cette lettre du bout des yeux, tu m'exaspères, fatigante. Tout ce que tu as à faire, c'est de te souvenir.

Alors écoute, écoute bien parce que je ne le dirai pas deux fois.

Cet après-midi-là, on a joué à la salade, d'accord, on l'a déjà dit et puis il y avait ces odeurs et ces couleurs dont nous avons déjà parlé et nous trois dans le sentier et la corde et les cartables dans l'herbe au bord de la sente et nos doigts peints d'encre violette. Crabe a dansé la dernière dans la salade, disgracieuse, ce n'est pas pour rien qu'on l'appelait Crabe, les pinces en l'air, le museau en carapace. Toutes les deux, toi et moi, on tournait encore plus vite, complices comme toujours, unies contre l'autre, le crabe hilare à la gueule de fouine qui s'emmêlait les pinceaux dans la corde. Encore plus vite, plus vite. Un coup pour son enfance misérable, un autre pour ses chaussettes à la retrousse, ses odeurs de chou-fleur. Tu te souviens, elle s'écorchait les genoux et nous, on tournait la salade, on rigolait, c'est fou quand on y pense ce qu'on rigolait, toi, la princesse du donjon, et moi, la grosse doudou des faubourgs qui faisait pas mal dans les odeurs de chou itou mais qui arrivait à se faufiler par le trou de la serrure pour te retrouver dans ton Olympe.

C'est ça, ma Margot, tape dans tes mains, garde le rythme, ma chouette, tape, tape, enfin, ça te revient ? D'abord l'heure, dépêche, donne-moi l'heure. Bon, d'accord, à peu près… je te l'accorde, on ne peut pas être précis pour des faits aussi anciens et, dans le fond, aussi insignifiants. C'est le mot parce que je vous demande un peu, trois gamines qui jouent à la corde même si ce jeu a pour nom la salade, qu'est-ce que ça peut nous faire ? Eh bien, comme on dit, la tragédie couvait. Et comme on pourrait le dire aussi, la poussière que soulevait la corde en cette fin d'après-midi tout à fait insupportable et quelconque comme l'était notre vie d'enfants, cette poussière anodine avait un drôle de goût.

Toi, je te vois venir, tu dis que tu en as assez, la nausée soudain. Tu veux plier cette lettre ou, mieux, la chiffonner, en faire une boulette et la jeter dans la corbeille. Tu ne me feras pas ce coup-là. Allez, tape, tape dans tes mains. Qui t'a dit d'arrêter ? Je te regarde, dans les yeux, je te tiens par les yeux. Ordure.

Il était une fois trois petites filles dont nous avons déjà parlé, mais cette fois elles bougent dans leur éclairage de fin d'automne, sur fond de sente rousse odorante. Regarde-les. La plus blonde s'appelle Margot. La plus riche, la plus cajolée, la plus cajolie, la plus première et la plus vache. Celle qui sourit, l'air mouillé, qui pleure sa maman unique, déjà éternisée dans son coin de ciel azuré. Attends, regarde mieux, vois son regard dur. Sa prunelle froide acier. Remarque aussi comme elle se tient dans le sentier, bien au centre, parce qu'elle n'a pas peur. Elle veut occuper toute la place. Fausse modeste, fausse timide, les petites mains de lait enfouies dans le tablier, le sourire ébauché démenti par le regard, je vous le dis. Elle a onze ans et quelques maigres mois en cette fin d'après-midi d'automne. Elle joue avec ses copines. Quand le soir deviendra vraiment lourd, pèsera sur elle et sur ses deux camarades, elle reprendra son cartable mouillé dans l'herbe extrêmement froide et elle partira. Pas très loin parce qu'elle a pris soin d'habiter juste au bout du sentier. Et d'avoir une maison qui sent bon la lumière et le chaud, la suprême odeur du père absent, et tout autour Gnangnan qui bientôt pleurera sa morte, tout doucement, pour ne pas la réveiller.

Telle qu'elle est, comme ça, emprisonnée dans ce doux halo, avant de faire dodo dans son lit de jeune fille, elle garde déjà au plus tréfonds un terrible et lourd secret. Regarde-la encore très très attentivement, ne la lâche pas tandis qu'elle quitte côté jardin la scène du crime. Regarde cette commissure de la bouche, le pied droit cambré dans son soulier verni où glisse une empreinte de poussière. Regarde encore le fond du fond de sa prunelle. Ça sent le sang tout ça, ma pauvre Margot. Ça sent bigrement mauvais, ma chérie. Et ne va pas me dire que ton nez fin ne peut renifler les odeurs de cochon.

Tu es revenue chez toi, tu as quitté le halo, glissé sous les projecteurs, es rentrée dans l'ombre comme un sale traître que tu es. Et bien sûr, tu as pris la précaution de faire l'ombre derrière toi, laissé le sentier dans la nuit noire, t'es cadenassée chez toi dans une autre lumière, puis, comme chaque soir à pareille heure, c'est pas compliqué, et comme tu l'as dit à la police, tu t'es endormie.

Et puis il y a l'autre, la deuxième, la morte. Elle est vraiment petite celle-là, recroquevillée sur sa courte existence minable, aussi brune que l'autre était blonde, aussi dure que l'autre jouait à la polie, sans arrondis, surtout bête, très bête dans le fond, dernière de classe et de tout, un crabe sans grâce comme l'est un vrai crabe, crabe depuis des générations. Elle aurait pu elle aussi, en cette fin d'après-midi dont nous ne cessons pas de parler, nous quitter, partir comme si de rien n'était, s'enfoncer dans sa nuit à parfum chou-fleuré. Il a fallu qu'elle reste là, l'imbécile, pas possible d'être bête à ce point-là.

Combien de temps est-elle restée ainsi dans le noir de la sente, écoutant peut-être nos pas s'éloigner sur le tapis de poussières et de feuilles ? Je ne l'ai jamais su, toi non plus. Et pour cause. Tu dormais déjà, bien sûr. Seulement elle, dans le sentier rempli d'ombres de plus en plus gigantesques. Elle rit, s'en amuse, pauvre folle, rit de toutes ses dents. Elle a froid quand même peut-être, n'en laisse rien paraître, soudain grande, très grande, héroïque sur fond de ciel tourmenté. En fait, tu veux que je te dise, elle attend. La police s'est demandé plus tard si elle avait rendez-vous ou si elle attendait comme ça, pour rien, bête comme elle l'a toujours été. En réalité, tu veux que je te dise encore, on n'a jamais rien su vraiment de sa fringale de cette fin d'après-midi-là, parce que c'était une faim qui lui trifouillait les entrailles pour rester comme ça, après le départ des petites camarades, seule dans le grand noir.

Et puis il y a la troisième, l'autre brune. Sans intérêt aucun. Je ne m'arrêterai pas longtemps sur ce troisième personnage. Elle s'appelle Dominique, Doudou pour les intimes. Elle est grosse, elle est moche et elle pue. Elle a toujours pué et elle puera toujours. Voyons maintenant ce que cette petite truie a bien pu raconter le lendemain à la police.

« Il était exactement 17 heures et huit minutes lorsque j'ai quitté mademoiselle Crabe dans le sentier Tranchebise, minaudait Doudou. Je lui ai demandé si elle voulait marcher avec moi jusqu'au moment où nos routes se séparent à la sortie du village, elle m'a répondu qu'elle préférait attendre un peu. Attendre quoi, j'ai pensé, je lui ai même dit peut-être. Elle m'a dit qu'elle ne savait pas, rien de précis. J'ai haussé les épaules et je suis partie. J'étais un peu intriguée. Crabe ne m'avait pas habituée à de tels états d'âme, vous comprenez, monsieur l'inspecteur, elle n'était pas poète comme nous l'étions Margot et moi. Elle était plutôt terre-à-terre, et que pouvait faire une terre-à-terre indécrottable comme elle dans cette sente froide où le noir s'engouffrait ? Je suis partie quand même. Que voulez-vous, on ne peut pas toujours savoir ce qui va se passer dans la vie. Je l'ai laissée seule, je m'en suis tellement voulu après, inspecteur, je m'en veux encore.

« Monsieur le policier qui ne me faites pas peur, je pourrais ajouter si je voulais que je me suis retournée une fois, mais ça, je ne vous le dirai pas. Une fois seulement que je me suis retournée. Une fois de trop. Elle n'était plus qu'une toute petite chose au fond de la sente, minuscule objet suant dans le noir. J'aurais dû, c'est sûr, revenir sur mes pas vers cette petite chose, lui dire : " Eh bien, ça ne va pas, ma vieille, faut pas te mettre dans des états pareils, tu sais, c'est pas grave, ça arrive à tout le monde de ne plus savoir où on en est, des coups de cafard qui passent comme ils sont venus. Viens, rentrons avant qu'il ne soit trop tard, ma petite chérie, ta vie sentira le chou-fleur, et alors, ça vaut mieux que cette odeur de mort qui traîne par ici. " »

Et toi, qu'est-ce que tu faisais pendant que j'aurais pu lui dire tout ça ? Où étais-tu, ma vache ? Collée sur le papier peint à fleurs de ta chambre ? Penchée sur tes devoirs, devisant avec la bonne ou déjà au dodo ? Tu nous avais laissées dans les ombres. Tu n'as pas entendu nos voix, même pas, surtout pas la voix de l'autre quand elle s'est mise à crier. Remarque que là, c'est moi qui invente parce que, pour ce qui est du fait qu'elle aurait crié, rien n'est moins sûr.

Non, n'essaie pas de donner le change, ne dis pas que si tu avais su... Ne me dis pas non plus que ça fait si longtemps et quelle importance tout cela a-t-il, ajoutes-tu sur ce ton désabusé qui te va si bien. À quoi bon remuer cette fange, crois-tu bon encore d'ajouter et tu secoues ta tignasse fadasse.

À quoi bon, Doudou, au nom de nos lambeaux d'amitié, tant d'années après, remuer ce sang de chou-fleur ?

Moi, je me souviens d'elles, les poules, avant qu'on leur torde le cou. Le grand Poil à tête de rat surtout, rat fouine. Comme il nous faisait peur celui-là. Et l'autre, Poil de carotte, plus petit mais tout aussi rouge et mauvais. Tu te rappelles quand on a commencé à dire que c'était eux. Peut-être d'ailleurs attendaient-ils, les deux Poils, ce châtiment qui leur était promis depuis leur naissance et c'était normal parce que, je ne sais plus qui me l'a dit, mais ils étaient nés dans le sentier, même pas à l'hôpital, quatre rues plus loin, non, dans le sentier. Tu comprends, leur compte était bon.

Regarde-les. Le plus grand, oui, surtout le plus grand. René. Un drôle de nom pour un Poil à tignasse rousse qui devait avoir des poux. Il était toujours en culottes courtes et même ses pantalons longs avaient l'air courts. Les ongles noirs, toujours noirs. On les avait tout de même accueillis à la belle école au toit rouge au bout de la sente, en se bouchant le nez. Ils avaient eu le bon goût de ne pas y rester longtemps. Disons le temps d'empuantir et d'être derniers dans tous les sens, assis au fond, près de l'armoire. On ne les a jamais eus dans notre classe. Seulement dans notre sentier. Nous humant au passage. Parce qu'ils ne faisaient que humer avec leurs fines narines crottées, palpitantes bien sûr comme des narines de fou, le regard en dessous. L'aîné, surtout, qui ne faisait rien dans la vie que de nous regarder du haut de son tas de fumier. Et un jour, la corde s'est enroulée autour de son cou, de ses narines, de ses yeux et de tout avec, et ses parents ont eu beau pleurer et dire que c'était pas leur faute si Poil la fouine était né dans la sente et que, à l'heure où la petite avait été étranglée, il mangeait sa soupe avec eux et son frère Poil de carotte, eh bien on ne les a pas crus et les deux Poils ont payé et on a pendu leurs deux têtes à poux.

Quand je pense que tu as eu le culot de leur dire qu'il nous faisait peur, la fouine. Et tu en as remis, son regard, ses pattes à griffes, ta peur un jour où tu revenais de l'école seule et paf, nez à nez avec le fouineur maniaque.

« *La peur que j'ai eue, inspecteur ! Vous ne pouvez savoir. J'ai couru et je suis sûre, enfin je jurerais qu'il a couru derrière moi, vous rendez-vous compte. Heureusement, j'habite la maison juste à la sortie du sentier car peut-être m'aurait-il poursuivie mais il est vrai que lui comme tous ceux de sa famille ne sortent guère de ce sentier qu'ils se sont en quelque sorte approprié et que nous ne faisons que leur louer le matin, le midi et le soir, frêles écolières que nous sommes, passant et repassant entre leur demeure et l'école dans une timide ronde enfantine et le leur redonnant à l'heure où les ombres le repeuplent, où ils peuvent enfin sortir et tendre vers le ciel noir leurs membres décharnés. Pauvre Crabe, restée seule à l'heure interdite dans la sente, victime innocente de quelque messe noire à n'en pas douter. Mon père m'a d'ailleurs raconté d'horribles choses sur ces gens de Belzébuth et je vous en dirais plus si, la pudeur aidant, je n'avais peur de rougir.* »

Ordure.

Les roches

Ma très chère petite Margot,

Une journée à marquer au fer rouge ! Enfin tu m'écris. Je n'avais pas reçu de lettre de toi depuis l'enterrement. Pour tout t'avouer, j'ai divagué de longues pages en attendant la lettre que tu m'avais promise. Tiens, la dernière page, je ne l'ai même pas finie. Je la garde quand même dans un coin de mon deux-trous, comme je garde tout. C'est une maladie chez moi.

Depuis mon retour de Gnangnan – tu as raison, je ne devrais plus l'appeler Gnangnan – eh bien je ne suis pas sortie. Les locataires de l'immeuble vont recommencer à se poser des questions. Il faudra que je sorte demain sinon ils se lasseront de m'apporter à manger comme ils le font. Ils sont bons, si bons avec moi. Des fois, j'arrive presque à m'en persuader.

Ah oui, je voulais te dire, tu as raison ma chérie, il faut arrêter de parler de cette terrible histoire, dans le fond assez banale. J'en arrive à faire peur à tout le monde avec ça et puis tu as raison, le passé, c'est le passé. Et au nom de quelle justice, je te le demande un peu, j'irais te tirer les orteils avec ce pauvre souvenir alors que tu te relèves à peine de la mort de ton père. Tu as raison, mille fois raison, alors parlons d'autre chose.

Je ne sais plus si je te l'ai dit quand je suis venue te voir à Gnangnan, dans la brasserie où coulaient les chromes et tout et tout, mais au journal, ils me réclament, ils ne peuvent pas vivre sans moi. C'est pas mal, hein, avoir autant d'avenir à vingt ans.

Je parle, je parle comme d'habitude au lieu de répondre point par point à ta très belle lettre. Ne proteste pas, elle est vraiment très belle. Méandreuse aussi, bien sûr. Parce que méandres tu étais et méandres tu es restée. C'est normal, on ne change jamais vraiment. Moi non plus je ne change pas. Amère, c'est ça, tu dis que je suis devenue amère ou restée amère comme je l'étais en herbe quand nous jouions à la salade. Amère, grosse, moche, puante. Et toi, pour qui tu te prends ?

Écris-moi ou, non seulement ils ne m'apporteront plus à manger, mais ils n'accepteront plus que je t'écrive. Écris-moi ou fais semblant.

Ma très très chère Margot,

Je ne me rappelle pas si je te l'ai dit l'autre jour dans la brasserie où coulent les chromes, mais de nous deux, c'est toi qui as toujours été la plus sage, et on se demande pourquoi ça changerait.

J'ai beaucoup aimé ton poème. Vraiment sincèrement. Je trouve que tu as un réel talent.

Là où, enfin, tu me pardonneras ma franchise, là où tu exagères un tantinet, c'est quand tu me reproches de revenir toujours sur cette triste vieille histoire. Dis donc, qui y est revenue la première ?

C'est toi qui la première as reparlé du sentier, c'est toi qui, mine de rien, m'as fait repenser à cette sente de sang que j'avais évacuée de mon système.

En douce, tu m'as reprise par la main il y a vingt ans, quand nous avions vingt ans, hier seulement, je ne sais plus. Nous sommes sorties de chez toi et nous avons plongé toutes les deux dans la poisse de nos mémoires. Nous nous tenions serrées l'une contre l'autre et nous avons dérivé latéralement, pas dans le sens du sentier, sur les côtés. Folles à ligoter. On a dit que je t'avais fait mal ce jour-là, il y a vingt ans, quand nous avions vingt ans. Pas vrai. C'est ta faute, c'est toi qui, à un moment, m'as laissée, m'as lâché la main, projetée dans la boue tandis que les dernières poussières volaient sous le fouet de la salade. Et puis tout à coup, Crabe était là où je l'avais laissée. Si je t'ai fait mal, c'est à ce moment-là. Quand tu m'as susurré, salope, comme si c'était ma faute, que j'aurais dû revenir sur mes pas, prendre le crabe dans mes bras, l'emporter loin au lieu de le laisser suer la mort dans ce maudit sentier. C'est alors que tout s'est comme arrêté. Je ne me souviens plus que de cette colère.

Crabe était là de nouveau et les poules dans leur poulailler et ta maison douce et chaude à la fin du sentier où tu te foutais de tout. Parce que tu me l'as laissé entendre aussi que tu étais bien au-dessus de tout ça dans ta dernière lettre, je crois, à moins que ce ne soit dans cette brasserie où, pour reprendre ton image si poétique, les chromes coulaient et nous renvoyaient nos vingt printemps. Pauvre folle, comme si nous avions encore vingt ans.

Il faudrait quand même que je recommence un jour à sortir sinon les locataires de l'immeuble vont me poser des questions, ne m'apporteront plus mon bol de soupe, oublieront d'être bons, si bons comme ils le sont avec moi.

J'aimerais, si tu me le permets, rectifier un détail dans ta dernière lettre qui a quand même, à mes yeux du moins, une certaine importance.

À l'école, ce n'est qu'à l'école le lendemain matin que nous avons été mises au courant, et pourtant déjà la rumeur courait, la petite Crabe a été tuée, la petite Crabe a été tuée ! Ce matin-là, nous avions emprunté le sentier comme nous le faisions les matins à la différence des soirs, c'est-à-dire fragmentées. Si bien que nous ne nous attendions pas. Nous courions chacune de notre côté, les cheveux au vent, un peu hallucinées, le cartable balançant au bout du bras. Comme d'habitude. Je ne pensais même plus à la Crabe de la veille dans le grand noir. Elle reviendrait, elle était revenue chez elle comme d'habitude, aussi imbécile que d'habitude.

Nous n'avions donc, contrairement à ce que tu soutenais à l'époque et soutiens encore aujourd'hui, nous ne pouvions avoir quelque espèce d'appréhension quant à ce qui aurait pu se passer la veille.

Et puis tout à coup, la terrible nouvelle. Nouvelle autant pour moi que pour toi, salope. Morte la Crabe, morte et salement, pas de détails. À moins que tu en veuilles des détails, ça ne m'étonnerait pas de toi. Tu n'en auras pas comme nous n'avons pas été jugées dignes d'en avoir à l'époque. Trop sale affaire et nous aussi.

Tiens, nous n'avons même pas su quand exactement on les avait arrêtés. Quand, je veux dire à quelle heure parce que pour le jour, c'était un jeudi, exprès. Le jour où notre sentier est désert, où nous n'y trottinons pas. Je pense, enfin je préférerais que ce soit le matin, disons en fin de matinée plutôt que l'après-midi, surtout que la fin de l'après-midi. Je n'ai jamais aimé les fins d'après-midi.

Il paraît que les policiers avaient laissé la voiture dans la rue, à l'entrée du sentier, pas loin de tes fenêtres, dans le fond tu aurais pu tout reluquer si le sentier ne se courbait juste à temps vers la gauche et ne t'avait toujours caché les poules. Il paraît que ça faisait peine à voir, la mère, arc-boutée sur son tas, tirant du bout de ses ergots sur tout ce qu'elle pouvait, le père fermé. Carotte et le grand Poil, ils ont tout pris. Car rien ne leur sera épargné, et un jour, on leur a tordu le cou.

Grande nouvelle ma chérie ! Je suis sortie hier, avec une amie. Il le fallait bien à cause des voisins. Il faut te dire qu'il paraît qu'il y a eu des plaintes, rapport que je ne sortais plus. C'est pour ça que je me suis décidée à me taper l'autre tordue.

Tu ne la connais pas. Je l'ai connue après nous. Une locataire de l'immeuble. Rencontrée dans l'escalier au temps où je sortais. M'est restée attachée, de temps en temps vient cogner à ma porte, me gémit qu'elle est seule. Tu sais ce qu'elle m'a raconté un jour, la pauvre folle ? Que nous marcherons ainsi, main dans la main, jusqu'au bord de la falaise et hop dans le gouffre, balancées du haut de la falaise, les deux cocottes, même pas dans la fraîcheur des vagues, le nez et les dents cassés sur les roches de la plage. Quelle plage ? Quelles roches ? Elle ne parle que de roches. Elle a toujours un petit tas de cailloux dans sa poche. Des fois, me le montre dans sa main tremblante, m'invite à y toucher. Je ne veux pas. Je ne suis pas folle, moi.

J'ai peur. Ils me font tous peur. Ils sont de moins en moins bons avec moi. À moins qu'ils ne l'aient jamais été. J'invente tout. Le présent se rétrécit, Margot. Je n'ai plus l'impression d'avoir vécu.

Le vieux coq

Tu es folle ! N'y va pas, tu entends ! Voilà ce que c'est, on ne peut pas te laisser seule deux minutes.

Si tu savais comme je l'ai attendue, ta lettre. C'est simple, je ne sors plus que pour ça. Sur la pointe des pieds pour ne pas alerter les autres, faire ouvrir les portes.

Pour être brève, ce matin, j'ai descendu le grand escalier de marbre, je suis passée maître dans l'art de marcher puis de descendre sur les pointes, sans faire de bruit. Et ta lettre était là ! Ta lettre enfin, mon cœur, ma sœur, ma chérie en sucre.

Alors, tout en remontant doucement mon grand escalier de marbre, j'ouvre l'enveloppe, déplie la feuille. Et qu'est-ce que je lis ? Ce que tu m'écris, ça s'appelle du chantage. Pour m'affoler, me faire sortir, reprendre le train, retourner à Gnangnan et j'en passe.

Tu peux toujours courir, ma belle. Vas-y, va les voir si ça te démange, fais ta grande folle, tu ne me feras pas sortir.

D'abord, je ne t'écrirai plus. Tu entends, triple idiote, je ne t'écrirai plus !

Tousses-tu toujours autant, ma chérie, ou ça va un peu mieux ?

Réponds-moi, ordure, ou je te tue.

Enfin tu te décides à me répondre ! Tu as compris que tu ferais une belle bêtise, hein ? Heureusement que je suis là.

Ma chère vieille Doudou,

Il est vrai que je t'ai fait peur. Excuse-moi. Mon idée d'aller chez les poules, moi ! Farfelu. Mais j'ai compris, tout ça, c'était le cauchemar; la réalité, c'est notre sentier.

Écoute ma chérie, j'ai rêvé que nous étions réunies toutes les trois. Oui, Crabe aussi et les poules qui riaient et battaient le rythme sur leur tas et le lilas embaumait et le toit de l'école rouge tendre comme dans les contes d'enfants ruisselait sous le disque jaune parfait dans le ciel. Et nous marchions toutes les trois, le cartable au bout du bras, dans l'air frais avec le sourire, quel sourire !

Tu appelles ça une lettre ?

Très chère Margot,

J'ai recommencé à me ronger les ongles. La seule inno-
vation, c'est que je ne le fais plus devant les autres pour la
bonne raison que je ne vois plus personne, alors je ronge, je
ronge mon os et mes ongles qui ne repoussent pas aussi vite
que je les lèche et les croque.

Je me demande quand même parfois ce que je ferai
quand je n'en aurai plus.

Ainsi tu l'as fait, tu es allée voir le vieux coq ! Je ne sais pas si je dois rire ou pleurer. Merci de m'écrire très vite pour me dire ce qu'il t'a dit ! Je n'ai plus peur, ma chouette, tout à coup, je trouve que c'est une excellente idée, pour y voir clair, hein, après toutes ces années, parce que c'est ça qui est important, n'est-ce pas ma chérie, y voir clair ?

Margotinouchka,

Merci, ma grande. Je t'ai lue et relue. Je ne comprends pas ta surprise. Enfin voyons, tu arrives là, je devrais dire tu grimpes, toi, à la Rouletabille, justicière aux yeux laiteux, arrives épuisée au haut du tas de fumier et là, tranquille, tu crois que tu vas pouvoir mettre sans problème ta gracile paluche dans les ergots tremblotants de ce coq endeuillé ? Mais je ne comprends pas qu'il ne t'ait pas tuée, pauvre folle !

Quelques mots balbutiés et te voilà repartie. Ce que tu retiens de l'entrevue : innocents, totalement innocents les deux fils, surtout le roux. Mais l'autre aussi, je t'assure. La petite, ils la voyaient passer comme nous, avec nous, et alors ? Tu savais déjà tout ça, salope. Enfoirée, et tu fais l'étonnée.

Tiens, je te lis, au hasard, un passage de ta lettre :

Et le vieux coq reprit :

J'ai vu une ombre dans le sentier ce soir-là. La petite attendait on ne sait quoi dans la sente. Un peu plus, elle se serait tenue aux treillis de part et d'autre du sentier s'il y en avait eu tant elle avait du mal à rester debout. Elle guettait. Je reconnais les gens qui guettent. Et elle avait cet air à la fois anxieux et apeuré, comme résigné. J'ai pensé à descendre de mon perchoir, à m'extraire de la glu nocturne qui lisse mes plumes, et puis j'ai renoncé. Elle n'avait pas l'air si malheureuse, la petite dans son nid. Elle ne guette pas, me dis-je alors, elle attend. Mon vieux front de vieux coq collé à la vitre gluante de nuit, je me suis dit : Qu'est-ce qu'elle attend la petite dans son nid ? Elle avait mis un pied sur l'autre, la chaussette roulée sur l'os de la cheville, la jupette juste au-dessus des genoux carrés, la tête brune un tantinet renversée en arrière, avec son cartable au bout du bras qui battait l'herbe des bas-côtés, mollement mais tout de même en cadence. Alors, c'est vrai, je suis sorti.

Si je suis sorti, je vous l'assure, ce n'était pas pour faire le mal. Je voulais savoir. Je les avais entendues les trois petites un peu plus tôt avec toutes leurs salades qu'elles faisaient, j'avais souvent entendu leurs noms quand elles s'appelaient, essoufflées. J'avais vu la blonde repartir dans sa maison à l'orée du sentier et l'autre, la grosse, s'éloigner, celle qui puait comme cent diables et qui rigolait tout le temps, et revenir et s'éloigner. Je les connaissais comme si je les avais faites. La blonde fadasse, la grosse rigolarde. Res-

tait celle qui sentait les choux-fleurs et qui aurait accepté de faire bien des choses pour sentir autrement.

J'allais me recoucher quand j'ai vu l'ombre, une vraie ombre de vampire, qui a pris le sentier et la petite avec. Mes fils mangeaient leur soupe. Et puis ils se sont couchés, c'est normal. Pendant ce temps-là, la petite s'envolait sur l'aile du vampire. Il a dû l'emmener loin et la rapporter une fois saignée.

Ça c'est vrai. Margot, c'est bien ce qu'il avait dit à l'époque. Décidément, jusqu'ici, tu ne m'apprends pas grand-chose de neuf, ma chérie. Ça ne valait pas la peine d'aller là-bas pour se faire répéter ce qu'on sait déjà. Bon, d'accord, je ne t'interromprai plus.

Et le vieux coq reprit :
Ils sont venus chercher mes fils en disant que c'était eux, qu'ils avaient relevé leurs traces dans le sentier. Comme si le sentier les aurait trahis. Ils étaient nés dedans, dans ce sentier, ils étaient allés à l'école au toit rouge avant les trois grâces, étaient revenus, toujours revenus. Avaient passé le temps comme ils l'avaient pu, sans passion, sans action, et ça je peux vous le jurer, quasiment sans désir.

Et puis on les a pendus. On en a parlé à la radio. Une des dernières pendaisons avant la loi contre, alors vous pensez s'il y avait du monde aux écoutilles.

Ça c'est vrai, tu t'en souviens Margot, une vraie fièvre qui avait pris les journaux. Deux d'un coup, des roux en plus, ça ne se voit pas tous les jours. En tout cas, ces deux-là, ils ont réussi à nous remplir à ras bords notre sentier ce matin-là, battant des pieds, langues pendantes.

Moi, je les voyais, les Gnangnanais, de ma fenêtre avec ma femme. Ils aimaient ça, visiter là où la chose s'était passée. On les regardait même si ça nous faisait mal; ils flairaient, je vous le jure, les quatre pattes et le nez dans la poussière, ils parlaient, s'étonnaient, faisaient de grands gestes. À faire rire si nous avions eu le cœur à rire.
Ma femme est morte de chagrin un an après.

Ma chère et pauvre Doudou,

Tu divagues, ma pauvre folle. C'est quoi cette histoire de poules et de coq ? Pourquoi serais-je allée sur leur tas de fumier ? Pour rétablir quelle vérité ? Je n'y avais rien à faire. Tu sais comme moi ce que ces affreux maniaques ont fait à notre pauvre Crabe. La société n'a pu que mieux se porter et nous aussi. Je ne sais pourquoi tu ressasses toujours cette vieille affaire, c'est du passé. Envoie-moi plutôt ton dernier livre.

P.-S. Viens donc me voir à Gnangnan, je me sens si seule. Je tousse beaucoup, ça doit être nerveux. Heureusement, j'enseigne en ce moment et les enfants me sortent de ma tristesse. Je fais un remplacement dans une école. L'école au bout du sentier.

À la petite salope qui se fait appeler Margot,

Tu retournes à l'école maintenant et tu oses me dire que tu n'es pas allée voir les poules alors que tu passes chaque jour devant ?

Chère grande amie,

D'accord Doudou, j'abandonne. Je ne te mentirai pas davantage. Je suis en effet allée toucher au vieux coq. Il était plutôt amer quand il m'a reçue, on le serait à moins. Il m'a reconnue tout de suite, il m'a fait signe de m'asseoir dans sa cuisine qui sentait le sale et puis il a parlé, il n'a pas arrêté de parler à tort et à travers comme un vieux coq.

Il m'a dit :

« Dites à la folle qui était avec vous, la grosse brune qui pue et qui riait tout le temps, qu'elle vienne me voir. Vous me comprenez, mademoiselle Margot (et son visage exprimait une soudaine gravité, je dirais même une soudaine noblesse), c'est très important, j'aimerais qu'elle me dise pourquoi avant que je meure. »

C'était pathétique, ma pauvre Doudou. Nous avons pleuré tous les deux, ma main frêle dans ses ergots sur le fond de sentier que l'ombre emplissait de nouveau, pleuré sur le monde et sur toi. Puis, je me suis levée, j'ai ouvert la porte, je me suis retournée, le temps de le revoir tel qu'il serait figé à jamais, assis sur le bord de sa chaise, malheureux; c'est simple, je n'avais jamais vu un homme aussi malheureux.

Et il a dit encore :

« Vous lui direz, n'est-ce pas mademoiselle, dites-moi que vous n'oublierez pas ? »

Il tendait son cou et ses yeux, ses mains avaient la tremblote, il n'avait presque plus l'air d'un coq.

Je suis sortie. Notre sentier n'avait jamais été aussi beau, Doudou. Le soleil renaissait un peu, au bout, du côté de mon école, maintenant je peux bien l'appeler mon école, et le toit rouge emplissait le bout gauche, l'aubépine était là et l'herbe verte à pleurer et la douceur d'une mort acceptée, le soleil m'attendait, j'en suis sûre, Doudou, même le poulailler dorait doucement, tout empreint de pitié et, vers la maison, les arbres comme réconciliés faisaient une voûte mouvante et la poussière dansait sans plus suffoquer, odorante d'humidité et les petits fruits rouges, tu t'en souviens des petits fruits rouges, oui ils étaient quelque part, cachés dans les buissons et les oiseaux voletaient tati tata sans bruit, s'amusaient à passer et repasser sur le disque rouge, reprenaient toujours la même note, et le rouge a fini de se faire or et j'ai dansé. Tu me croiras si tu veux, ma vieille Doudou, j'ai dansé dans mon sentier.

Saloperie. Je reconnais bien là le style à la guimauve de tes poèmes imbéciles. Non mais écoutez-moi ça : or, rouge, les oiseaux, MON sentier. C'est le coup que tu me préparais, ma vache. Je te dis que je recommence à me ronger les ongles et qu'est-ce que mademoiselle me répond ? Parce que c'est ça que ça veut dire, ta petite lettre à la fleur bleue. Elle veut dire : Pas touche, Doudou, pas touche à mon sentier. Ferme ta gueule, Doudou, va te coucher, mon chien.

Et puis il n'était pas nécessaire de me faire parvenir ce pli recommandé par ce vieux cocher qui, m'a-t-il dit, venait de Gnangnan et avait éperonné ses meilleurs chevaux pour venir me le porter. Il était tout crotté. Vu du haut de mon grand escalier de marbre, il avait l'air si fatigué qu'il en devenait suppliant, courbé sous la cape, le capuchon sur les gros sourcils, les mains tremblantes, l'air si fatigué. J'ai eu pitié, j'ai pris mon plus beau fouet et je l'ai flagellé jusqu'au sang. Mais non, bien sûr que c'est pas vrai, pauvre imbécile. Tu croirais n'importe quoi.

C'était un facteur. Le plus beau que j'aie jamais vu, et je m'y connais en facteurs. Je suis plutôt de bonne humeur aujourd'hui. Il faut dire qu'ils sont redevenus bons avec moi, ne viennent presque plus dans mon petit deux-trous pour me persécuter, me poser des questions obscènes, je dirais même embarrassantes.

C'était vraiment un beau facteur. Tout en blanc. Un vrai prince charmant. Il souriait, le coquin. Il m'a tendu l'enveloppe. Sa main était fine, avec des articulations invisibles, une légère tremblote qui ajoutait au charme. Puis il a tourné les talons sur ses escarpins de velours et s'est envolé. Par la fenêtre, bien sûr.

La vérité I

La vérité, combien de fois faudra-t-il la dire. Nous revenions de l'école et avions emprunté le sentier, bien sûr le sentier, qu'aurions-nous emprunté d'autre. Ma pauvre amie, c'était nos habitudes, nos odeurs, je ne reviendrai quand même pas là-dessus.

Nous avons joué à la salade toutes les trois, dans le crépuscule tournant avec les petits coqs qui nous regardaient peut-être, cela n'a finalement aucune importance.

Attends, Margot, attends.

Je reprends. Alors nous voilà un peu plus tard, essoufflées. L'après-midi finissait salement, comme toutes les fins d'après-midi. J'ai toujours détesté les fins d'après-midi. Tu as voulu partir la première, tu es rentrée chez toi et je suis restée avec Crabe. Nous nous contions des sottises, la nuit tombait. Puis, je suis partie. Je n'aurais pas dû. Mais avant, il y a une chose que Crabe m'a dite et que je n'ai jamais répétée à personne, surtout pas aux policiers ni même à toi. Elle m'a dit, et elle a pris un air important :

— J'ai rendez-vous.

— Avec qui ?

Elle hochait son museau de crabe.

— Je ne peux pas le dire.

— Comment ça ?

Alors elle a souri avec un petit bourrelet surprenant de sa bouche en forme de pli. Et je jurerais qu'en souriant avec son sourire bête, tu te souviens de son sourire bête, je jurerais qu'elle regardait ta haute maison au bout du sentier et la lucarne ronde de ta chambre d'enfant.

Non, attends Margot, attends. Je ne m'énerve pas. Je ne m'énerverai plus, ma vieille chérie. Au fait, je ne t'ai pas dit, je m'étais remise à sortir le soir, tu sais, quand tout le monde est couché, et je ne me rongeais presque plus les ongles. Ça faisait longtemps que je ne sortais plus le soir. Alors je me suis forcée, suis même allée cogner un soir chez l'autre folle aux roches. Bonne chienne chienne, elle m'a fait la fête. J'ai tout de suite vu qu'il fallait arrêter ça. Et puis quoi encore, elle s'attendait peut-être à ce que je vienne lui tenir compagnie tous les soirs. Alors j'ai de nouveau arrêté de sortir quand tout le monde est couché. Je suis sûre que la vieille m'a attendue, elle a peut-être pleurniché, l'imbécile, elle pleure pour un rien. Et puis l'autre soir, ç'a été plus fort qu'elle. S'est glissée hors de son trou puant, les yeux gonflés tout rouges, est venue cogner à ma porte. Je la guettais dans l'œilleton. Elle gémissait je ne sais quoi. Je lui ai crié que je n'avais pas envie de parler de roches, que je n'aurais jamais plus envie. Les voisins se sont mis à taper contre les murs. « Qu'est-ce que c'est tout ce tapage, on ne peut plus dormir ici ! » La roche est repartie chez elle, vieille folle affolée. N'est pas revenue depuis. Bon débarras.

Chère, très chère Doudou qui me restes chère malgré nos petites dissensions,

Je lis et relis ta dernière lettre où tu m'apprends cet incroyable rendez-vous qu'aurait eu notre pauvre Crabe dans mon sentier. Une question depuis lors hante mon esprit et je la pose tout de go, sans plus d'ambages tant elle m'obsède.

Eh bien accouche !

Cette question, la voici, mon amie chérie. Pourquoi n'as-tu pas raconté tout cela aux gentils policiers quand ils t'ont interrogée ? Tu es restée le front bas, une mauvaise lueur dans les yeux, butée comme une fille qui en veut au monde entier. Ou au moins pourquoi ne me l'as-tu pas dit à moi ? T'imaginais-tu que c'était avec moi qu'elle avait rendez-vous, mais tu divagues ma pauvre Doudou. Est-ce donc là la vérité que tu me promettais, pauvre folle ? Que veux-tu que cela me fasse à moi qu'elle ait regardé ma lucarne, ait souri bêtement ? Moi, je continue à bien vivre entourée de mes fantômes dans mon Gnangnan, je n'ai pas besoin de tirer par les poils des pieds de vieux spectres ridicules.

Ridicules. C'est toi qui es ridicule!

Et j'en ai assez, j'en ai assez, tu entends, de devoir recevoir en pleine tête lettre après lettre les injures dont tu m'inondes. Assez de lire tes insultes ouvertes et rentrées, tes méchancetés, tout ce que tu racontes sur mes poèmes parce qu'ils sont beaux mes poèmes et je les aime dans toute leur innocence sauf que l'innocence, ça tu ne connais pas. Déjà dans nos jeux d'enfants, tu te vengeais de ma maison, de mes chers fantômes en me crachant à la figure ta taverne où ça ne sentait peut-être pas le chou-fleur comme chez Crabe mais les oignons frits. Parce que ça sentait toujours les oignons frits chez toi. Tu sentais les oignons frits quand nous jouions et les oignons frits encore lorsque nous nous imaginions des avenirs glorieux. Et tu les sens encore, tout ce que tu me bafouilles sent les oignons frits, la vieille fille, pas la demoiselle comme moi qui sent la lavande. La grosse vieille fille qui pue.

Veux-tu que je te dise, ma pauvre Doudou, tu remets cette lamentable histoire sur le tapis pour te rendre intéressante parce que tu as tout raté, parce que demain et après-demain encore tu te rongeras les ongles. La vérité, la voilà. La Crabe a été victime d'un maniaque. Et nous n'y pouvions rien. Un point c'est tout.

Ça, c'est la meilleure ! Madame, pardon mademoiselle s'indigne, monte sur son grand cheval ! Écoutez-la ! Je perds mon temps décidément en pensant lui faire prendre conscience, lui apprendre l'unique point qui est vérité et contre quoi tout est mensonge.

Cessons de tourner autour du pot, ma jolie. Il faut en finir et d'ailleurs, en écrivant cette lettre ce soir, je me dis que c'est la dernière. Tout doit avoir une fin.

Excuse-moi, j'ai dû m'interrompre. La folle aux roches est revenue, pleurnicharde comme toujours. « Ouvrez-moi, qu'elle disait, je vous en supplie » et elle donnait des petits coups dans la porte, pas trop fort pour ne pas réveiller les voisins. J'ai lentement, minutieusement détaillé son visage ravagé dans l'œilleton comme chaque fois sauf que d'habitude, je n'ouvre pas, me complais à voir les grosses grosses larmes couler le long de ses joues crevassées, mais qu'est-ce que tu veux, il faut croire que c'était mon soir de bonté, je l'ai laissée entrer. Je n'aurais pas dû, elle est restée des heures et des heures à me raconter je ne sais quoi. Je l'écoutais en sourdine, sourire en coin, debout, me dandinant, dansant parfois sur un pied, après l'avoir fait asseoir sur ma plus mauvaise chaise. Les gens vous ennuient et ils ne s'en aperçoivent pas. Elle parlait du même ton de voix sourd, enfin je pense qu'elle parlait. De roches bien sûr, de quoi d'autre cette hallucinée aurait-elle pu parler ? Un murmure en langue étrangère et des fois, je m'endormais carrément, juchée sur un pied, le menton dans mes ailes. Après une heure et demie, je lui ai carrément dit qu'elle pourrait tout de même s'en apercevoir.

— De quoi ? m'a-t-elle dit de sa voix candide, les yeux pervenche protubérants.

— Mais que vous racontez des choses fort ennuyeuses, lui ai-je répondu.

Il faut te dire que j'avais choisi mon moment. Elle venait juste, et elle n'avait pas fini, de me raconter la mort de sa fille dans un accident de voiture, emportée exactement un an après le mari cancéreux.

— Il me semble même, ai-je repris, que vous n'avez que ce sujet de conversation, à part les roches. Vous pourriez de temps en temps parler d'autre chose.

Elle s'est levée, chose ravagée, est partie, sans un mot. Tu peux être sûre que la prochaine fois, je ne lui ouvrirai pas.

En tout cas, ma fille, c'était gentil de m'écrire, je ne m'y attendais plus. À plus rien d'ailleurs. Je ne sors pratiquement plus. Même plus le jour. Le cocher et le gentil facteur se relaient pour m'apporter tes lettres. Il y a des matins où il n'y a rien, mais il vient quand même. Alors j'entrouvre ma porte et du bas du grand escalier de marbre, il me fait un sourire triste parce qu'il se sent triste, mon cocher facteur, quand il n'a rien à me tendre, victorieusement comme il le fait quand il y a une lettre de toi, presque joyeusement.

Écoute, le sentier, tu peux te le mettre où je pense. Tu as cru le faire revivre avec ta cochonnerie de faire-part et j'ai marché, je me suis mise à écrire, à t'écrire comme réveillée par cette blessure, et alors tu t'es tue, comme le chasseur qui a sa proie si facile dans la ligne de mire de son fusil, trop facile, il attend. Observe et surtout se tait. Attend que, sûre de sa mort imminente, la proie cède au dernier courage puis à la dernière panique, se ronge elle-même les ailes, s'use les moignons sur l'herbe rêche, y laisse l'odeur de son sang. Alors le moment viendra de mettre fin à l'agonie. Un bon geste dans le fond. Je te remercie à l'avance.

J'ai failli jeter toutes tes lettres. Tu ne peux pas savoir comme ça s'amoncelle. Je ne sais plus où mettre les pieds. Ne plus voir ces tas de papier, parce que ça fait pas mal de temps que je divague, j'en ai gâché du papier.

Ça y est, cette fois c'est décidé, j'écris la vérité à la police et puis après je me ronge les ongles jusqu'aux coudes. Mon gentil cocher se chargera du reste.

Pardonne-moi à l'avance. Je sais comme tu as peur de la police. Quoi ? Tu te demandes de quoi je veux parler ? Moi je n'ai pas oublié, ma poucette, je revois ton minois effarouché.

— Non, monsieur l'inspecteur, monsieur le juge en chef, non, je ne sais rien, je suis revenue chez moi sans me retourner, vous savez dans la grande maison de pierres chaudes au bout du sentier, sentinelle de lumière dorée. Moi, je n'ai rien vu, non, je n'ai pas regardé par la fenêtre de ma chambre ce soir-là, pourquoi l'aurais-je fait ? Elle était assez bizarre, vous savez, parfois, notre amie Crabe, je dis notre parce qu'il y avait aussi Doudou avec nous quand nous jouions dans le sentier, cette grosse boule malodorante de Doudou niaise, vous pourriez lui demander

à elle, elle est restée plus longuement et la nuit s'engouf-
frait dans le chemin mais elles sont restées, chuchotaient,
je les entendais en pressant le pas vers ma haute maison.

— Oui, monsieur l'inspecteur, Margot a raison, je suis
restée un moment avec Crabe. Non, je ne sais pas pourquoi
elle est restée, m'a regardée partir, non, elle ne m'a pas dit
qu'elle avait rendez-vous, pourquoi aurait-elle eu rendez-
vous et avec qui ? Oui, Margot a raison, c'était une fille bizarre, parfois, une drôle de fille et elle sentait tellement le
chou-fleur. Non, ce n'est pas à cause de ça qu'on l'a tuée. Je
ne sais pas pourquoi, je me suis dit, en m'éloignant, parce
qu'il fallait que je revienne chez moi… ma mère et mon père
sont morts, monsieur le juge, et je devais aller faire frire mes
oignons pour mes dix petits frères et sœurs. Alors je suis partie, le cœur grossi comme par un pressentiment. C'est ça.
Dans le ciel, l'espèce de lune n'arrivait pas à lever et il y avait
de la lumière dans la chambre de Margot, j'aurais même juré
voir son ombre un peu penchée derrière la vitre, sur fond
de dentelle en rideau.

— *Eh bien, il est possible, monsieur l'inspecteur, que*
j'aie jeté quelque coup d'œil distrait par la fenêtre de ma
petite chambre de jeune fille, mais je vous prie de croire
qu'en aucune façon ce coup d'œil fut appuyé. Je suis une
jeune fille bien, moi, monsieur le juge, j'ai une mère morte
et un père qui m'aime et je ne sens ni le chou-fleur ni les
oignons frits.

— Toujours est-il que je suis sortie côté cour, monsieur,
mais qu'avant, je me suis retournée. Et qu'est-ce que je vois ?

Ma Crabe seule fragile dans le noir griffu. Est-ce que je sais, moi, pourquoi elle est restée comme ça, comme une pierre fondue dans la mort ? Si au moins quelqu'un lui avait donné rendez-vous, j'aurais compris…

— *Mais non, Doudou a raison. Personne ne lui avait donné rendez-vous. Pourquoi un rendez-vous ? C'est ridicule. Comment ? Non, elle ne semblait pas plus angoissée que d'habitude. Vous savez, Crabe n'avait guère d'états d'âme compliqués. On racontait même que, mais je ne dois pas salir sa mémoire d'autant plus que c'était une grande amie.*

— Ah oui, Margot vous a dit ça, j'aurais préféré qu'elle ne vous dise rien à ce propos. Eh bien, vous l'auriez découvert de toute façon. Il paraît que pour arrondir ses fins de mois …

— *Eh bien, dis-leur, Doudou, elle accordait ses faveurs à des messieurs. Il faut leur dire, Doudou, la vérité. Et c'est mon père qui me l'a dit. C'était bien connu. Bien sûr, nous n'en discutions pas avec elle, et puis nous sommes si jeunes et innocentes, monsieur l'inspecteur.*

— C'est Margot qui vous a dit ça ?

— *Dis-leur, Doudou, tu n'as pas le droit de cacher la vérité ou je leur dirai que tu es revenue sur tes pas !*

Ma pauvre Margot, t'en souviens-tu ? Tu suais la peur.

Nous ne nous parlions plus que par personnes interposées, les policiers, les passants, nous étions très fatiguées, immensément tristes, perdues dans ce monde d'adultes qui nous réclamait une vérité que nous ne pouvions pas lui donner. Oui, c'est la tristesse qui nous noyait le cœur, Margot, ta peur, mon silence. Et les grands ont agi. Ils ont conclu avec ce mélange de hâte et de circonspection qui me fascinait déjà chez eux. C'était émouvant, cette piste qu'ils suivaient à l'odeur. C'était triste aussi parce que nous savions, nous, qu'ils se trompaient.

Il y a eu l'enterrement. Le minuscule cercueil de Crabe, ses parents en noir chou-fleur, la mère aux yeux rouge lapin angora, la bouche trémolante de douleur, le père crucifié, qui essayait tant bien que mal de s'en sauver par la dignité, les petits frères et sœurs hébétés, les pas traînants dans l'église, les odeurs âcres des vêtements empesés alourdis par l'encens et nous, les vedettes un peu tout de même, le petit mouchoir dans la main, gonflées de notre importance.

Bien sûr, tu n'es pas allée au cimetière, trop dur pour tes nerfs. Moi, j'y suis allée et je pense que c'est là, au bord de la fosse à vers, que ma haine pour toi est née, est montée comme une bouffée de nausée. Le dégoût, un dégoût immense, le ciel gris et nos faces d'enterrement. Elle avait l'air si petite, Crabe, descendant frémissante au bout des cordes. Si légère, pure comme la douleur qui montait tout à coup, sans objet.

Toi, encore une fois, tu t'étais débinée. À quelques rues de là, dans notre sentier saignant sous le même stupide ciel gris, ils arrêtaient les poules.

Ils croyaient bien faire, nous ne pouvions pas leur en vouloir. Après tout, c'était un peu nous qui les avions mis sur la piste. Ils avaient d'abord rencontré le vieux, je l'ai su après, et le vieux avait gueulé et sa femme aussi, mais les fils étaient trop bêtes, ils étaient tous trop bêtes.

C'est pas difficile, ils ne parlaient pas, ils grognaient, à qui mieux mieux. On ne s'entendait plus. Même plus un poulailler, monsieur le juge, une porcherie ! Deux ans plus tard, après une semaine d'audience, les deux coquelets ont été condamnés à mort. Nous n'étions plus à Gnangnan alors, si tu te souviens bien. Toi chez une tante dans une ville voisine pour un temps parce que ton père était en voyage. Moi, j'avais changé de maison. Nous étions parties de Gnangnan, le sentier était vide, nous courions d'autres chats. J'avais la tête pleine d'oubli, d'imbéciles ambitions. Comme éclose, le cou enfin sorti, éprise d'odeurs inconnues et certaine que tout le reste suivrait.

Nous nous perdions doucement mais sûrement de vue. Et je ne m'en portais que mieux si tu veux tout savoir. J'étais bien alors, au cœur de la grande ville, je travaillais dans un journal, j'arrivais à me lever le matin, à faire semblant au moins, à vivre avec toutes ces bestioles à l'intérieur que j'avais réussi à domestiquer au prix d'une extraordinaire, héroïque, persévérante humilité. J'étais devenue presque comme les autres, j'apprenais à rire. Et puis tout à coup, un jour, dans la boîte aux lettres, en descendant mon escalier de marbre, qu'est-ce que je vois ?

Pourquoi m'as-tu envoyé ce foutu faire-part ? Ordure. À vingt ans, j'avais pourtant le droit d'apprendre à vivre.

Ma chérie,

Ta dernière lettre m'a beaucoup attristée. Je ne comprends pas que tu n'ailles pas voir un médecin, ce n'est pas en ingurgitant tisane sur tisane que tu vaincras cette mauvaise toux.

Le bateau

Je ne suis pas allée bien loin quand j'ai quitté Crabe. Elle m'avait dit qu'elle avait rendez-vous. C'est pour ça que je me suis retournée, que je suis revenue quelques pas sur mes pas, sans bruit, ça c'est vrai, et vrais aussi les rideaux de ta chambre tirés à tribord. À hauteur de la proue du sentier tanguant, basculant mauve dans les coins d'ombre avec, au centre du vaisseau fantôme, la lumière jaune acidulée des poules, veillant d'un œil et dormant de l'autre.

J'aurais dû laisser le sentier, déboucher sur la terre ferme, mais c'était plus fort que moi, je suis remontée à bord doucement, sans me faire voir. Ça tanguait de plus en plus, ma fille, on avait du mal à se tenir debout, le vent battait les volets chez les poules et toutes les clochettes s'étaient mises à tinter, les lilas aussi, qui avaient depuis longtemps passé saison et les arbres qui frémissaient, eux c'était normal, en ce début d'automne, d'avoir peur, tu aurais eu peur aussi. La preuve, elle commençait à avoir drôlement la frousse, la petite Crabe, ahurie. Peur de quoi, pourquoi plus que d'habitude, je me souviens d'avoir pensé ces mots, et je revenais sur mes pas, m'avançais sur le pont, aveuglée par les lames qui s'abattaient par-dessus bord, risquaient de m'emporter à chaque ressac, je m'avançais en titubant, en me posant et me reposant la même question. Pourquoi avait-elle peur, Crabe, peur plus que d'habitude, plus que l'autre soir et l'autre soir encore et le premier soir qu'elle s'était tapé le monsieur ?

Je m'étais pourtant promis, moi, de ne plus revenir sur mes pas dans cette coque à la noix, ne plus zieuter, attendre. Qu'est-ce qu'on peut attendre d'un chou-fleur ? Ne plus me serrer, grosse gargouille, dans ma cachette, deux mètres à peu près avant le coude du sentier, entre deux vagues toujours recommencées. Presque rien voir, entendre mal mais tout imaginer dans le noir. Margot, toi, dans ta haute maison qui domine la mer, tu dormais, tes rideaux tirés, tu étais bien au chaud dans les bonnes odeurs. Moi, je reniflais le chou des caresses vénales.

Tu ne peux pas savoir comme je t'en ai voulu. Tu le faisais exprès, voilà, tu as toujours fait exprès et tu faisais encore exprès de faire semblant de ne pas savoir. Tiens, en ce moment, je te vois, tu clignes des yeux, tu hoches ta tête blondasse, tu fais déjà semblant, bientôt tu vas t'arrêter de lire, de penser. Attends, je n'ai pas fini, ma cocotte, le plus beau reste à venir.

Je suis là. Comme les autres fois, aux autres rendez-vous de Crabe. Le cou tendu, les yeux dégoulinants, je hume. Des murmures, des petits rires salaces. Je ferme les yeux, ça tangue autour.

J'ai de plus en plus souvent de ces moments terribles, Margot, où tout tourne. Je perds tout dans ces moments-là, jusqu'à l'odeur de mes parents, la couleur du papier peint de ma chambre où l'on s'entasse, ma douleur et le bout du tunnel où il y a un mur parce que j'avance, j'avance et il ne faut plus me raconter d'histoires, Margot, au bout il y a un mur.

Hier j'en parlais justement avec ma voisine de chambre, celle aux roches, de qui d'autre pourrait-il s'agir ? Des fois, j'ai pitié, je vais la voir. Le matin, pas le soir. Je ne sors plus jamais le soir. Je ne sortirai plus jamais le soir, même quand il fera très beau. Eh bien, ma folle aux roches, elle m'a dit qu'elle l'avait vu, le mur.

Ils essayent de nous faire croire qu'il y a quelque chose de vrai dehors. Ils nous disaient avant que lorsque nous serions guéries, nous sortirions pour de vrai, dans le vrai, avancerions, pourquoi pas, dans une allée bordée de lilas, vers le vrai monde. L'autre, elle a beau être folle, elle a compris qu'ils mentaient. Quand elle m'a décrit le mur, haut, laid, rêche à s'y casser les ongles, elle pleurait comme une petite fille. Moi, je n'y avais jamais cru à leurs lilas. Comme ça, je ne suis pas déçue. Elle, l'imbécile, elle y avait cru. Elle croit à tout.

Je ne sais pas quand il a commencé à faire la grosse voix. Il m'a réveillée dans mon trou d'ombre. La petite piaillait, tatata tititi, je jurerais qu'à un moment, elle a même tapé d'un pied. Je ne sais pas si les poules étaient réveillées, je ne faisais pas attention à elles, j'essayais de crever le noir entre deux trombes d'eau pour deviner les deux lutteurs. La lune coulait sur leurs prises sauvages et la proue cachait presque entièrement tes rideaux tant la mer était grosse.

Alors j'ai commencé à avoir mal au cœur, des nausées à me rouler par terre. Je me tenais, renversée en avant, je n'invente rien, je me vois encore, les mains sur mon ventre, des hoquets dans l'arrière-gorge. Ça doit être pendant ce temps-là où je souffrais tant, ma pauvre Margot, qu'il a planté la mort dans mon sentier.

Je dis que ça doit être pendant ce temps-là parce que moi, j'avais tellement mal que je ne pouvais plus les suivre dans leurs folies. Ils montaient très haut sur le pont et moi, je descendais encore plus profond dans les eaux glacées. Un moment, une seconde, je les ai vus, enlacés, très haut sur le pont qui levait dans le ciel sous le gonflement de la vague. Dans la lune, j'ai cru les voir, enlacés drôlement, pas comme d'habitude, elle râlant, lui la serrant au cou, tout colère. Moi, je me tenais toujours le ventre, je commençais enfin à vomir.

Il y a sans doute eu une autre grosse vague, alors c'est moi qui suis montée très haut, presque à la hauteur de ta fenêtre. Parce que c'était eux qui étaient descendus dans le noir. Je n'avais pas tellement peur là-haut, je me demandais seulement s'ils remonteraient un jour, si le temps n'allait pas nous laisser comme ça, moi en haut, eux en bas. Non, je n'avais pas peur, je te dis, j'étais même plutôt bien dans mon coin de ciel bleu noir avec les étoiles sur la nuque. Et puis ç'a été fini. Je suis retombée, ils sont remontés et on s'est retrouvés au même étage.

Le sentier puait la mort. La petite fixait le noir, le cou cassé. Il courait, il est passé près de moi, à me frôler, c'était terrible, Margot, c'est sûr que j'aurais dû lui faire un croc-en-jambe, histoire de nous venger, nous, notre sentier et nos salades. Après coup, je me suis dit ça, mais quand il est passé haletant de sueur, la bave au menton, je n'ai pensé qu'à reculer un peu plus comme je l'avais toujours fait, comme je l'ai toujours fait devant toi d'abord, les autres ensuite, et encore aujourd'hui dans ce deux-trous blanc où on met les fous.

Je ne sais plus ce que j'ai fait alors. Je crois que je me suis ressaisie, j'ai couru vers la chose par terre, et puis je me suis arrêtée. Le chien des poules aboyait, ça remuait dans la cabane. Je suis repartie dans les pas de l'autre et peut-être qu'il m'attend avant la fin du sentier, là, un peu plus loin, le salaud, l'ordure.

Eh bien, crois-le ou non, il m'attendait. Alors il m'agrippe, je sens sa sale grosse main sur moi, il me prend à la gorge, il ne sait faire que ça dans la vie, on roule par terre mais cette fois, ça ne tangue plus autour de nous, l'eau meurt sous nos hanches, stagnante. Le calme plat. Et avec ça, nos deux res-pirations presque à l'unisson. C'est assez beau dans le fond. Ça ne dure pas. L'orage reprend de plus belle, les éclairs éclatent dans le ciel. Elles n'auraient jamais dû se lever, je veux parler des poules, bien sûr. Quelle idée aussi de venir troubler un si charmant spectacle.

Elles s'avançaient les imbéciles, les ergots en l'air, sau-tant d'un bond de plumes les crevasses qui s'ouvraient, où tombaient les petits cailloux du sentier, elles défaisaient complètement mon sentier. Quoi, je croyais rêver, elles cassaient tout de leurs ailes noires membranées déployées comme une gorge ouverte, elles écrasaient des membranes de leurs ailes mes lilas. Elles raclaient la terre ou ce qu'il en restait de leurs ongles, reniflaient la mort au passage et peinturluraient en couleurs obscènes leur fumier.

On s'est relevés, l'ordure et moi, comme d'accord que tout ça, c'était pas du jeu. J'aurais voulu qu'il reste avec moi pour les combattre. Bien sûr, il a filé, l'ordure. Moi, qu'est-ce que je pouvais faire ? Je l'ai suivi et ça a recommencé, retangué de partout dans mon sentier. J'ai couru sur le pont de toute ma force et puis, arrivée au bout, j'ai grimpé sur le bastingage et j'ai sauté. Un bond formidable dans une formidable gerbe d'eau. Juste à temps pour le voir courir vers ta maison.

Alors j'ai nagé à gauche, toujours à gauche, me suis éloignée du paquebot qui sombrait, nagé encore puis couru sur le sable, les yeux brûlants jusqu'à ma chambre où ça ne sentait pas le chou-fleur mais presque, et là, contre le mur, au-dessous du hublot, du fond de la gorge pour qu'on ne m'entende pas, pauvre pomme, j'ai pleuré.

C'est beau, hein ? Émue ? Pauvre sotte.

Et ne me répète pas qu'il n'est pas sorti de chez toi ce soir-là. Et puis quoi ? Dis-le donc, ce que tu penses. Bien sûr, c'est moi qui ai tué Crabe. Avec l'aide des poules, tout le monde l'aura deviné.

La vérité II

Ma chère Margot,

Pardonne-moi de ne t'avoir pas écrit plus tôt. Et je suis d'autant plus impardonnable que le temps presse. Ta dernière lettre m'a atterrée. C'est épouvantable. Et tu ne te demandes même pas ce que je vais devenir. Je n'ai que toi, moi, dans la vie.

Je te l'avais dit pourtant, bon Dieu, de soigner ta toux, d'aller voir le médecin, de sortir. Mais tu n'en as fait qu'à ta tête.

Ma chère Dominique,

Cette fois, c'est fini, hélas bien fini. Je suis allée voir le médecin comme tu me l'avais conseillé. Je voulais te remercier à ce chapitre. Tu m'as toujours si merveilleusement conseillée. Le plus beau, ma chère D., c'est que pour aller chez lui, qui habite près de l'école, j'ai emprunté notre sentier. Portée par tout ce que tu m'as écrit dans toutes ces lettres que tu as bien voulu vivre en correspondance avec moi, rompant ma solitude de ta sollicitude, vivifiée par ta tendresse, j'ai dansé sur l'ombre écartelée de notre amie Crabe qui connut la mort tragique que tu sais, j'ai dansé une dernière fois. Parce que je meurs, chère Dodo, je suis déjà morte.

Tu sais, moi aussi j'ai menti, je dis moi aussi parce que tu as eu la simplicité, de ton côté, de m'avouer quelques beaux petits mensonges bien ficelés. J'ai eu les miens pendant cet échange de lettres dans lesquelles je t'ai poussée à bout, ma chère vieille amie. Je ne fais pas de remplacements dans les écoles, je ne sors pratiquement pas. Je suis folle de solitude et d'idées noires. J'étais faite pour une vie sans histoire, une toute petite vie avec de petits pas, de petits objets, de petites habitudes, minuscules, à la taille de mon intelligence et de mon talent. Parce que je n'ai jamais eu de talent, ô ma muse, si tu savais comme je rigolais quand tu osais, n'osais pas dans tes lettres me dire combien ils étaient niais mes pauvres poèmes à la godille. La godille, la guenille, la guidille poèt poèt.

Je te sais gré quand même de m'avoir rappelé cette histoire de bistrot aux chromes coulants. C'était bien trouvé, aimable, presque gentil. Maintenant ça suffit. Mets-toi bien dans la tête avec ton chapeau par-dessus que tu n'es pas venue à Gnangnan depuis belle lurette, que les chromes ont eu le temps de couler pour la bonne raison que nous ne nous sommes pas revues depuis vingt ans.

Je ne reviendrai d'ailleurs pas sur ce qui s'est passé entre nous voilà vingt ans. Quand nous avions vingt ans. À ta dernière visite à Gnangnan, nous sommes allées, il est vrai, dans ta brasserie coulante, mais tu sais comment tout ça s'est terminé. Tu continueras de jouer toute seule, Doudou, moi, je ne joue plus. Je ne joue d'ailleurs plus depuis vingt ans. Quand nous avions vingt ans. Il faut dire que tout ça, c'est pour une grande partie ma faute, ma très grande faute. Pauvre Doudou, que pouvais-tu faire d'autre cette fin d'après-midi-là dans notre sentier. La mise en scène était trop belle. Avoue, tu n'avais pas le choix.

Eh, ma vache, de quoi tu crèves au fait ?

Je reconnais là ton style direct, ce sera ma dernière lettre, Doudou. Je m'en vais du poumon.

Tu veux que j'appelle l'infirmière ? Ici, on rigole pas avec ça. Les gens qui racontent des histoires, on les calme.

Je m'en moque, j'ai ma fosse à côté de celle de papa.

Ordure.

Ordure toi-même.

Je ne te reconnais plus. Mademoiselle est vulgaire.

Pour mieux te ressembler, mon enfant. Et puis quand on a un pied dans la tombe, on peut se permettre n'importe quelle enjambée.

Arrête, ce ton te va mal.

À qui la faute. Tu es toujours en train d'inventer des histoires.

Arrête.

Arrête toi-même ou je te laisse pour toujours. Plus de Margot, tu entends, fini, Margot. Moi, je m'en fous, ça fait longtemps que mes os ne me font plus mal. À partir de maintenant, tu joueras à la salade toute seule, ma grande. Ça ne te changera pas, tu joues depuis vingt ans. Tu m'inventes depuis vingt ans.

Non, Margot, non je t'en prie, cette fois, je lis ta lettre et c'est la bonne. Pas celle que je viens d'inventer. La bonne lettre, la vérité. Je te promets.

Je l'espère, chère Doudou, je l'espère. Pour toi.

Oui, oui, je commence, ne t'énerve pas.

Chère vieille amie,

Pardonne-moi de t'avoir laissée si longtemps sans nouvelles, je ne voulais pas t'inquiéter pour rien. Maintenant que je sais que je peux le faire pour quelque chose, je ne me priverai pas. Je n'en ai pas pour longtemps, une mauvaise grippe mal soignée, des poumons fragiles à la naissance, l'héritage d'une mère morte jeune. Bref, tu avais deviné comme d'habitude. Je voudrais quand même te dire trois mots avant de disparaître comme je suis venue. C'est-à-dire le plus discrètement possible et j'aurais été encore plus discrète si tu m'avais laissée tranquille dans mon Gnangnan.

Ma chère Dominique, je peux te le dire franchement, tu m'as toujours fait peur, peur avec tes relents d'enfant mal torchée, mal aimée, de pauvre grosse fille qui essaie de se faire plus grosse que le roi. Tu as voulu me torturer en rêvant tout haut, en me reparlant de ce sentier. Parce que la vérité, je vais te la dire, je te la dois bien puisque je

vais crever. C'est toi qui as tué Crabe avec tes discours im-
béciles sur la révolte, ta ligue antichou-fleur à l'emporte-
pièce, c'est toi qui m'as dit de me taire lorsqu'on a pendu
les poules, c'est toi qui l'as tuée, c'est à toi qu'est la faute et
tu as essayé de me la refiler, une lettre par-ci, deux mots
par-là, partout des inventions, tu es même allée jusqu'à in-
venter ma mort. C'est dégoûtant, Doudou, et je ne voulais
pas mourir sans te l'avoir dit.

Maintenant la vérité, la vraie, la seule.

J'ai vu. J'ai vu le vaisseau de la sente tanguer, je t'ai
vue monter très haut, sur les vagues vert morve, dans le
vacarme, je t'ai entendue, je pleurais, derrière le rideau
de dentelle que tu connais si bien de ma chambre. Tu étais
à ma hauteur. Quelques minutes tu es restée ainsi en l'air,
la patte dans le vent, la figure salée hagarde. J'ai regardé
en bas et je les ai vus eux aussi. Lui, son dos immense, et
elle, déjà enfoncée dans le sol la tête la première. Je ne sais
plus combien de temps ça a duré, une éternité. Alors j'ai
décidé d'y rester, dans ce trou noir du temps. J'ai rassem-
blé toutes mes forces pour y rester et ce n'est pas toi qui vas
m'en faire sortir. D'accord, je n'ai jamais fait de remplace-
ments dans les écoles, ma vie s'est arrêtée ce soir-là à moi
aussi, quand tout a cessé de valdinguer, quand tu es re-
descendue voltigeant soudain légère, harmonieusement
comme une feuille morte, t'es posée, ballerine parachutiste,
sur le sol de notre cher sentier. La lune est alors venue s'ac-
crocher sur le lilas et j'ai eu tellement peur que je me suis
retournée, le dos à la fenêtre, glacée par le disque suret

suspendu aux branches. Je haletais. Tu aurais dû voir ma tête. La fièvre. Sans doute que je couvais déjà quelque chose. La vie s'est arrêtée là. Il faut bien qu'elle s'arrête un jour, ma Doudou.

C'est comme ça que tu as le culot de terminer ta lettre. Tu me prends pour quoi ? Incroyable ! Et moi, alors ? Tu me feras passer pour folle ? Entendre ça dans la bouche d'une grande fille de quarante ans passés ! C'est pas vrai, rien de ce que tu dis n'est vrai. Et tu sais ce qu'on leur fait ici aux grandes folles comme toi : on les ligote, on les enferme.

J'ai compté. Ça fait vingt ans et trois mois qu'on s'écrit. Tu te rends compte. J'avais vingt ans à l'époque, toi aussi, bien sûr. Je crois bien que j'ai reçu ta première lettre, enfin le faire-part, il y a vingt ans, peu de temps avant mon arrivée ici. Tiens, pourquoi tu ne viendrais pas vivre ici avec nous ? Parce que ce n'est pas vrai que tu vas mourir, hein, Margotine ?

Tu vois, nous conversons comme nous ne l'avons jamais fait, c'est-ti pas beau. Tu as mis du temps à me répondre, Margot, si tu savais combien de temps j'ai passé à attendre que le beau cocher revienne, glisse une lettre sous la porte.

Rien, jamais. Tu me diras, c'est normal, parce qu'il savait, ils savaient tous, derrière la porte, que je n'en avais jamais envoyé une seule.

La femme s'est pendue hier, la femme, tu sais je veux dire la bonne femme aux roches qui était venue me voir, qui avait perdu sa fille après son mari, même que c'était pour ça qu'elle avait atterri ici. La vieille qui pleurait comme une Madeleine, tu te souviens ? Tu ne peux pas ne pas te souvenir.

On l'a retrouvée pendue à son clou dans la salle de bains. Des tas de roches dans ses poches. Pour peser plus lourd. Je ne sais pas où elle a pu les trouver. Il n'y a pas de plage par ici. C'est le branle-bas de combat dans les couloirs. Bien fait pour elle. Au moins, elle ne viendra plus m'embêter avec ses histoires à dormir debout.

Margot, Margot, Margot !

On m'a retourné ma lettre, Margot ! Il paraît que tu serais morte. Margot, il paraît que tu es morte de ta mauvaise toux.

Margotette, ils m'ont annoncé ça sans ménagement, ils m'ont dit : « Pour qui vous prenez-vous, vous savez très bien qu'elle est morte ou a été laissée pour morte dans le fameux sentier il y a largement vingt ans de ça. Ne faites pas cette tête-là, vous avez toujours l'air de ne pas comprendre alors que vous comprenez tout et très bien. »

— Dans le sentier ! ai-je répondu totalement ahurie, mais vous êtes fous, c'est notre amie Crabe qui y a péri et voilà bien plus de vingt ans !

— Fous ? Mais c'est vous qui êtes folle, mademoiselle !

Nous nous sommes renvoyé ainsi nos folies. On aurait dit que ça les excitait de me voir et m'entendre hurler, donner des coups de pied, de poing à tout ce qui avait le malheur de passer à proximité.

De temps en temps, ils arrêtaient de me parler, copinaient ensemble, ça bourdonnait, bizz, bizz, couinait. Je n'aime pas quand ils sont comme ça. J'ai peur qu'ils ne s'en aillent jamais, je me bouche les oreilles, mais ils continuent de piailler. Et encore, je me dis pour reprendre pied, si au moins c'était intelligent, le moindrement crédible, ce qu'ils disent.

Tu ne peux pas savoir tout ce qu'ils m'ont raconté, les pires fadaises, des histoires de folie délirante comme je n'aurais jamais pensé en imaginer.

Ils m'ont dit, tiens-toi bien, ils m'ont dit que notre sentier que j'aime tant, c'est moi qui l'avais souillé, oui, ils m'ont dit ça sans me ménager, tout de go, ils m'ont dit qu'une fin d'après-midi, alors que j'étais grande, dans la force de mes vingt ans, et toi aussi, que j'avais même un métier paraît-il, écoute, je ne peux pas continuer, c'est trop horrible.

Pourquoi j'aurais fait ça ? Moi, te faire mal avec ces mains-là, c'est ridicule. Dis-moi, donne-moi une raison pour laquelle je me serais retrouvée avec toi cette fin d'après-midi-là, mon petit canif dans la poche de mon imperméable, et j'aurais sali ce sentier de lumière qui était fou de moi, égorgé la truie que tu es et souillé mon lilas ?

La vérité, il n'y a pas à sortir de là, c'est que tu es morte, il y a peu de temps. Hier, c'est ça, non avant-hier. C'est ça. Avant-hier. Je n'invente rien, d'ailleurs, il faudra que je la leur montre ta dernière lettre, ils verront que je ne mens pas.

Ton fumier de père peut bien se retourner dans sa tombe, ça m'est égal et ça devrait t'être égal à toi aussi. Parfois, je me suis demandé : savais-tu qu'ils avaient rendez-vous ce soir-là ? L'as-tu suivi des yeux de derrière ton rideau ? On ne sait jamais jusqu'où peut aller ta perversité. Comme quand tu m'as dit dans ton salon, dit sans parler qu'il fallait se taire. Se boucher à jamais les oreilles aux cris posthumes de poules à qui on avait tordu le cou.

Arrête de pleurnicher, ne fais pas l'innocente. Je ne t'apprends rien.

Et si je t'apprends quelque chose, tant mieux. Parce que tu le fais exprès de me faire croire que tu es morte. Complice avec eux pour me perdre un peu plus. Mais je t'ai eue. Je t'ai bien eue. Papa, mon papa, mon petit papa chéri, tralala tralalère. Eh bien, souffre, salope. T'avais qu'à pas essayer de me faire croire que tu étais morte.

Confession de mademoiselle Dominique, dite Doudou, sur le meurtre de mademoiselle Crabe du chou-fleur de la Lande Gnangnan, survenu il y a bien longtemps à un coude d'un sentier.

Moi, Doudou, reconnais avoir menti sur ce meurtre, ce petit meurtre de rien du tout qui fit couler un peu d'encre et pendre deux têtes, je ne sais pas si vous vous en souvenez.

J'ai menti, de même que mon amie de l'époque, Margot de la Butte à Gnangnan à la Baptiste fleurie. Il faut vous dire que j'avais presque assisté à la chose – si vous me pardonnez l'expression –, je veux dire qu'il faisait noir et que je n'avais pu tout voir malgré mes efforts. J'ai toutefois formellement reconnu l'ombre de monsieur de la Butte à la Baptiste fleurie. La pauvre petite folle pensait que son bonhomme qui fleurait l'orchidée lui ferait pour toujours quitter les choux-fleurs. On est si naïve à cet âge, monsieur l'inspecteur.

En fait, je n'ai pas grand-chose d'autre à vous raconter. Bon, c'est vrai qu'on n'aurait pas dû laisser les deux pauvres gars aller se faire pendre. C'était eux ou elle. Pour elle, je me suis tue. Pour toi, ma cochonne. Parce que moi, j'aurais accepté la petite honte d'être restée à haleter dans le noir sans penser à porter secours à ma copine dont l'autre affreux serrait le cou. « Qu'est-ce que vous voulez, que j'aurais dit, cela s'est passé si vite. J'avais si peur aussi. Je me suis enfuie comme une folle. Et puis je distinguais mal, étais-je vraiment sûre qu'ils se battaient, qu'ils ne se frottaient pas comme d'habitude ? »

J'aurais pu dire tout cela, monsieur l'inspecteur. Je n'en ai même pas pris la peine. Par peur sans doute, c'est vrai. Par amitié aussi. Parce que l'amitié, la vraie, c'est beau.

Ce n'est qu'après, monsieur le bourreau, que le remords est venu. Non, pire que le remords. La haine. Parce que vous comprenez, ma vie était dévastée. Une brillante carrière de journaliste tuée dans l'œuf. Tant de livres que j'aurais écrits. Et pourtant, après Gnangnan, j'avais connu la grande ville, monsieur, la terrible ville grande où j'avais appris la solitude dans mon premier deux-trous, les premiers miroirs, les autres gros mensonges, et le plaisir ravageur de lui écrire, de lui réécrire quand, imprudemment, elle m'a fait savoir qu'elle habitait encore Gnangnan et enterrait son papa.

Ma joie alors n'a pas été jouée, je vous prie de me croire. Le fil se retendait, c'était bon, ça faisait chaud à la couenne. Nous avons commencé, ou plutôt recommencé de correspondre. Quel drôle de mot, correspondre. Moi, tergiversant au fil des mois, des années, deux grandes dizaines d'années, pour lui rappeler ou lui apprendre ce qui s'était passé, un pas en avant, un en arrière, elle minaudant.

Ça devait mal se terminer, c'est sûr, et c'est ce qui est arrivé. La salope vient de me faire le coup de la mauvaise toux. Juste quand ça commençait à devenir juteux. C'est bête mais c'est comme ça. Je m'en vais du placard. Un chouïa trop tard, madame pétard.

Pas vrai. Une ruse, une ruse de plus, monsieur le policier. Perdue où je suis maintenant, dans un autre, mon dernier deux-trous en ceinture de la ville grande, je n'ai plus les moyens de me déplacer pour vérifier. Une chose est sûre, j'ai appris à me méfier de tout le monde, même des beaux cochers. Elle ne veut plus m'écrire, c'est tout, elle aura inventé cette toux pour parer le coup qu'elle voyait venir. Parce que je l'ai tellement ménagée, si vous saviez.

Bien à vous,

Doudou de la Tranche d'oignons frits fleuris.

Ma chère terrible et seule amie,

Je pleure de joie. Le gentil cocher est revenu. Tout cela n'était qu'un mauvais rêve. Tu vis. Ta lettre est si belle, la plus tendre que tu m'aies jamais envoyée.

Mais ce que tu me demandes... Déchirer cette confession dont j'ai eu l'imprudence de t'apprendre l'existence ? Que me demandes-tu là, ma Margotine ? Je comprends tes arguments, surtout que maintenant que tu es de nouveau vivante, tu risquerais d'être inquiétée, déportée hors de ta grande maison de dentelles, ma pauvre chérie, je t'imagine. Tu n'es pas une Doudou, toi. Toi, tout le monde le sait, tu fais dans les parfums, les habitudes. Ma poulette, ce serait ta mort, la prison. Parce que tu irais en prison, c'est sûr.

Ils sont venus, ça leur arrive de temps en temps. Ils ont tout fouillé, mais je ne leur ai pas donné la fameuse confession. Pas encore. D'ailleurs, tout ce qu'ils cherchaient, c'était tes lettres, le reste ne les intéressait pas. J'ai failli leur rigoler en pleine face : « Mais, bande de ploucs, elle ne m'a jamais écrit. J'ai inventé tout ça ! » À quoi bon. Ils ne m'auraient pas crue.

Petit flash-back

— Assieds-toi, Dominique.

— Merci, Margot.

Dominique la première osa tourner la tête, oublier le regard de l'autre ou faire semblant, pour regarder autour d'elle, mine de rien. Elle enregistra les grosses fleurs du papier peint dont elle n'avait pas oublié un pétale mauve bonbon, le guéridon de bois roux, le petit fauteuil à pivoines, le sien, les hauts fauteuils fatigués moirés, le tapis rouge compliqué.

— Tu sais, rien n'a vraiment changé depuis le temps...

Margot s'excusait. Elle souriait. Elle ne savait ou ne voulait rien faire d'autre. Elle avait mis son plus beau chemisier blanc, celui avec une broderie abstraite à dominante jaune sur le devant. Elle avait vu les souliers à gros talons pas très propres de Dominique, mais elle ne disait rien. Elle n'en pensait rien non plus. Tout ce qu'elle écoutait peut-être, c'était cette espèce de peur qui montait les parois de son œsophage.

— Tu trouves que ça a changé, Gnangnan ?

Dominique se dit qu'elle faisait de réels efforts, la Margot. « Elle essaie de se mettre dans ma peau, la pauvre chérie, mais ça ne marche pas. » L'effort étant cependant louable, elle rendit le sourire.

— Toujours aussi mortel. Comment fais-tu pour rester dans ce...

Elle cherchait ses mots. Margot s'agita sur sa chaise.

— Il commence à faire sombre, tu ne trouves pas ? Je devrais allumer.

Elles ne se voyaient presque plus, deux ombres assises face à face, fades et lourdes.

— Non, dit Dominique.

Et elle ajouta, comme pour se faire pardonner son ton tranchant :

— On est très bien comme ça.

— Si tu penses, soupira Margot.

Réplique qui mit l'autre en colère.

— Si je pense... ça y est, mademoiselle refait sa mijaurée.

Alors, Margot se leva, masse soudain immense comme suspendue dans l'air mauve du petit salon.

Avant, il y avait eu l'horreur du village traversé sur la pointe des pieds, trébuchant le long des volets mi-clos comme de raison. Puis un court passage chez Margot qui n'avait même pas l'air de l'attendre, la vache, même pas allée à la gare, ç'aurait été trop lui demander, et puis quoi encore, l'enterrement de l'ordure, sans peine ni joie non plus, trop peu trop tard. La fosse, loin de celle de Crabe, l'autre qui pleurniche, des visages inconnus, un ciel nauséabond qui suinte déjà la fin de l'après-midi, j'ai toujours détesté les fins d'après-midi. Pas allée sur la tombe de Crabe, et puis quoi encore, ça suffit comme ça. Et puis la brasserie de la grand-place où se mettent à couler les chromes sans prévenir et puis quoi encore, une petite minute de bonheur, même pas, on s'y croit et puis elle se met à piailler, l'imbécile. Je grelotte, c'est normal, j'ai oublié mon imperméable chez toi. Elle ne m'écoute pas, crie crie de sa voix suraiguë, et puis quoi encore, tais-toi, tais-toi, je crie moi aussi : « J'ai froid, je dois repasser chez toi chercher mon imperméable. » Enfin elle se tait, se lève. On marche l'une derrière l'autre, on a vingt ans. Et puis quoi encore. Tout ça est triste à pleurer.

Margot s'était levée, masse soudain immense comme suspendue dans l'air mauve du petit salon.

— Pourquoi es-tu revenue, Doudou ?

Et elle ne s'arrêta pas là. Elle déclina une à une toutes les raisons qui pouvaient ou auraient pu pousser son amie à revenir sur le lieu du crime, comme elle disait. Elle n'en oublia aucune, elle n'avait pas peur des plus saugrenues. Ainsi, Doudou avait-elle oublié un objet qui lui était cher à son dernier passage il y avait cinq ans, elles en avaient alors quinze, elles s'étaient croisées quelques minutes. Peut-être à ce moment précis avait-elle oublié son foulard ou sa brosse à dents ? Elle fit même allusion à cette autre raison farfelue, le retour au bercail pour aller folâtrer sur les tombes de papa et maman chou-fleur et associés. N'importe quoi sauf le prétendu devoir qu'elle s'était fait d'aller à l'enterrement. D'ailleurs Margot ne savait plus pourquoi elle lui avait envoyé ce faire-part. Qu'est-ce qui lui était passé par la tête, elle ne comprenait plus. Il faut dire qu'elle était persuadée aussi que Doudou avait déménagé, trop négligente pour faire suivre son courrier, elle la connaissait bien sa copine, le faire-part ne lui arriverait jamais. Il avait fallu qu'il arrive. Mais, après tout, c'était peut-être ça qu'elle avait voulu, disons sans le savoir, lui annoncer la bonne nouvelle, le vieux cochon est mort, tu peux dormir sur tes deux oreilles, Doudou. Oui, en y réfléchissant, ça devait être ça la raison, à moins que…

Elle parlait, parlait en faisant de grands gestes, vomissait sans se lasser ses fadaises, debout dans la presque nuit du salon, ce qu'elle disait était d'un terrible ennui, sans compter que sa voix donnait encore dans les aigus.

Dominique la regardait, les talons serrés, la tête vide. Sous son gros derrière, la chaise crissait. Elle se sentait lourde. Lourde de partout. D'en dedans surtout.

Elle dit :

— Si on sortait ?

L'autre n'arrêta son monologue que quatre ou trois secondes après, trop lancée pour réfléchir et pour sentir le piège.

— Sortir ? Où ?

Elle était rouge, essoufflée d'avoir parlé pour ne rien dire.

— Je ne sais pas, moi, prendre l'air. On étouffe toujours autant chez toi.

Margot hausse les épaules, soupire, une des choses qu'elle fait le mieux dans sa vie.

— Si tu veux.

— Dépêche-toi.

— De quoi as-tu hâte ?

Elles restent quelques minutes l'une en face de l'autre encore dans le noir. La brune et la blonde, le teint laiteux et les traits bouffis.

Margot dit, et on la cite textuellement :

— Je sais pourquoi tu es venue. Pour me faire du mal. C'est pour ça que tu es venue, pas pour l'enterrement.

— Disons pour les deux, réplique la Doudou qui commence à la trouver passablement drôle.

— On dirait que tu n'as jamais perdu quelqu'un de cher.

Là, c'est trop. Elles se fixent, les deux cocottes, le souffle vraiment rauque, qui vient des viscères. C'est presque beau. On sent que la fin de l'histoire approche.

Silence sublimement tragique.

La première, la blondasse, baisse les yeux. Elle murmure :

— On y va ?

Elle se jette nonchalamment un châle sur les épaules, prend le trousseau de clés à sa petite main, plonge dans le corridor d'ombres.

— Attends, râle Doudou derrière son dos. Où as-tu caché mon imperméable ?

Enfin, les revoilà, les deux petites, dans le sentier. Leurs pas les y ont reconduites tout naturellement. Elles se sont attendues et ont attendu ce moment. Et puis tout à coup, elles ne savent plus par quoi commencer.

— Eh bien commençons où tu veux ma chérie, sourit Margot, décidément revenue à de meilleurs sentiments.

Doux, doux, Doudou. Ne t'énerve pas. Ce n'est pas le moment de tout gâcher maintenant que tu tiens le bon bout.

D'ailleurs, l'autre recommence à s'énerver, c'est facile de l'exciter, elle s'énerve pour un rien.

— Et puis, encore une fois, pourquoi es-tu revenue ici ? En tout cas, pas pour enterrer mon cher papa. Pauvre folle, on s'en fout, tout le monde s'en fout de ce qui s'est passé ici.

Leurs ombres sont si grandes, s'étendent à présent dans la moiteur odorante du coude de ce petit sentier encore plus petit bien sûr que dans leurs souvenirs d'enfants. C'est tragique, c'est beau aussi. Mais encore faut-il ne pas avoir le cœur vulgaire. À son tour, Dominique explose.

— J'ai une folle envie de te tuer, ma chérie, après, ça ira mieux.

— Si ça peut te faire plaisir, ma grosse Doudou. Et puis qu'est-ce que ça changera ?

La blondasse fait une espèce de moue de bébé qui, c'est sûr, exaspère l'autre.

C'est bête à pleurer. Le ciel est bas, la maison des poules dort d'hébétude dans la grisaille et le toit rouge de l'école est invisible. Les tournants souples du sentier Tranchebise sont devenus des cols insurmontables qui étouffent et essoufflent les jeunes filles, tout s'est refermé comme un couvercle sur une boîte résignée. Les lilas ont perdu leur parfum, peut-être n'en ont-ils jamais eu que dans ta pauvre tête.

— Veux-tu que nous allions les voir, nous excuser ?

D'un signe de tête, la blondasse désigne le poulailler.

— Et quoi encore ?

— Donne-moi ta main.

Elle ne la demande pas, elle la prend, elle veut m'entraîner.

— J'ai toujours détesté les fins d'après-midi, grogne Dominique.

L'autre s'obstine. Il est évident qu'elle ne veut pas changer de sujet.

— Ils te diront, eux, qu'ils ne nous en veulent pas, que c'est normal qu'on mente quand on a notre âge, que tout, tout est normal, et ils nous embrasseront, nous donneront l'absolution et tu pourras continuer de vivre et moi aussi nos vies toutes bêtes et tu ne m'ennuieras plus avec tes sornettes.

— Ils te diront, eux, Doudou, qu'ils ne nous tiennent pas rancune, que la vie est tragédie et souffrance dès la première seconde. Ils nous accorderont leur pardon et tu repartiras béatifiée, prête enfin à affronter l'existence et à t'y tailler ta part, ni plus petite ni plus grande que les autres dans le fond, celle qui te revient d'ailleurs de toute éternité. Et puis, c'est toi la plus grosse menteuse de nous deux, tout voir sans rien faire. Dégoûtant.

Si elle n'avait pas dit cela, si elle ne s'était pas mise à me faire la morale, rien de ce qui allait suivre ne serait arrivé. Rien ne serait arrivé du tout depuis le commencement. Mais il avait fallu, plus fort qu'elle !

C'est à ce moment, alors que, déjà, tout était joué, que le père coq est sorti, courbé sur ses ergots cassés. Lamentable vieux coq, il sortait de la maison, s'avançait. Les deux jeunes filles s'écartèrent et leurs robes effleurèrent les lilas et les cailloux crissèrent sous leurs souliers vernis. Le ciel s'était dégagé, un trou jusqu'avant le coude vers l'école, juste avant la nuit. Le vieux s'était arrêté dans la sente, le cou tordu, interrogeant les bruits.

— Il est devenu aveugle, et sourd comme un pot, dit Margot sans même prendre la peine de baisser la voix. C'est triste. Il n'a plus personne maintenant. Sa femme est morte, tu ne le savais pas ? Je te l'avais dit pourtant...

Le vieux reprenait sa marche vers l'école, traînait la patte, croassait des mots incompréhensibles.

Elles se retrouvèrent seules, soudain si jeunes, plus fragiles, proprettes avec leurs tabliers d'enfants. Elles se regardaient, minaudaient, se tordaient les chevilles cerclées de socquettes blanches. C'est tout juste si leur cartable ne leur battait pas les fesses.

C'est alors que tout a dû s'arrêter, Margot, parce que je n'ai pas le souvenir d'autre chose que cette colère. Tu ne peux pas savoir, Margot, c'était énorme, je suis tombée, lourde comme tombe une grosse, t'enlaçant, les yeux fermés fort fort, avec ton visage resté à la margelle du puits, tes yeux qui riaient, toi qui dansais dans ce sentier maudit.

Ils ont dit que c'est alors que j'ai frappé et frappé encore. Et que tu as crié, crié encore comme de raison, comme la truie que tu es.

— C'est alors que tu as sorti de ton imperméable ce stylet de mauvais goût et que tu m'as frappée deux fois au même endroit, je ne sais où, ce que je sais, c'est la douleur que tu m'as faite, un déchirement. J'ai dû crier.

Margot ne s'était pas écroulée, suspendue au-dessus de Doudou qui soufflait comme une forge, et tout se mettait à tanguer comme dans le navire il y avait de ça des années. Dominique leva de nouveau le bras.

Le monde était devenu fou.

Le coup porta. Dominique eut un drôle de rugissement. L'ancêtre s'était tourné, fouillant l'obscurité, puis avait retourné son dos cassé et était reparti.

Doucement, Margot tomba sur le côté.

Les ombres reprenaient possession du sentier. Dominique s'assit proprement par terre et attendit, le regard sur l'autre qui gémissait. Elle savait qu'elle ne sentirait plus jamais l'odeur des lilas. Elle n'entendit plus rien de ce qui se passa ce jour-là ni les autres jours.

On dit que ce fut le vieux coq, en revenant chez lui, vingt bonnes minutes plus tard, avec son pain sous le bras, qui buta dessus et appela les policiers. Il ne fit jamais le rapprochement. Il est vrai que les deux petites avaient bien changé. On ne lui dit rien non plus.

J'avais vingt ans, Margot. Mourir à vingt ans. Ne plus vivre qu'en folie.

Gentil cocher

Margot, ils disent que tu es morte il y a vingt ans, un an après ton fumier de père. Pas des suites de mes blessures. D'un mal de gorge mal soigné. Tu te rends compte. Ils disent des tas de choses, ils disent que tu ne m'as jamais écrit, jamais répondu, que ça fait vingt ans que je t'écris et que je me réponds comme une malade. Mais ça ne les empêche pas, la nuit, de venir dans mon deux-trous, je les observe, l'œil ouvert, un seul. Je retiens ma respiration. Ils s'avancent avec leurs lampes électriques, ils fouillent, ils cherchent. Quoi ? Que tu es naïve ma pauvre chérie, les pièces à conviction, bien sûr, les armes du crime, une odeur, tes lettres peut-être, est-ce que je sais, moi. Ils ne les auront jamais. Je les ai toutes cachées sous mon oreiller, cousues dans la plume. Je les mangerais plutôt que de les leur donner.

Il y en a une, en tout cas, que je pourrais leur donner, histoire de leur clouer le bec, c'est ta lettre d'excuses, je veux dire celle où tu t'excuses pour tout ce qui est arrivé. Je l'ai appelée BLANC. Beau le blanc, comme le froid, la mort, ton hypocrisie. D'accord, j'en ai déjà trop dit. Tu as raison, les effets, ça se ménage. Arrête de gémir, ma grande. Je te laisse la parole. Ce sera pas long.

Chère Dominique de la Toque folle,

Tu ne t'arranges décidément pas, ma pauvre grosse chérie. Je ne cesse de penser à toi depuis que tu m'as laissée aux bras des ambulanciers, l'épaule en sang. Tu as bien lu : l'épaule. Tu n'as jamais su viser, ce n'est pas de ta faute.

En tout cas, on peut dire que tu l'as eu, ton procès, salé à souhait et pas trop longtemps après les faits. Juste au bon moment, quand les esprits sont encore chauds et que le murmure persiste, plus sourd, dans le Gnangnan de nouveau tout ému : « Le jour de l'enterrement de son père, la pauvre petite, si douce, si brave, et l'autre, la grosse brute brune au regard de bête, une vraie folle. D'abord, elle l'était déjà, complètement cinglée, il y a des années de ça, quand leur petite copine s'est fait empoulailler dans le même sentier. » Et j'en passe.

Moi, j'aurais bien aimé pouvoir te défendre, mon loup, mais tu m'avais laissée quand même assez amochée et puis je me disais que ça aurait l'air louche, la blessée qui se lève, blême, qui se met à piailler : « Laissez-la, ne la jugez pas, vous n'avez pas le droit. Elle a dû être prise d'une crise de folie, c'est tout. Tout petite, elle avait déjà ce genre d'accès. Tenez, un jour, je lui lisais un de mes exquis poèmes et c'est tout juste si, à la troisième strophe, elle ne m'a pas sauté dessus pour me rouer de coups avec ses gros bras, ses grosses pattes d'étrangleuse. Violente. Et fourbe avec ça. Jusqu'à inventer d'horribles mensonges à la mesure de sa folie sur la mort de notre Crabe.

« Alors, ne la croyez surtout pas si elle vous sert ses fadaises et je suis sûre qu'elle ne s'en privera pas. Ne la jugez pas, messieurs les juges, empêchez-la de nuire. En mon souvenir, celui de ma chère maman, de mon cher papa, de ma douce maison, de mes rideaux de dentelle. Internez-la, c'est plus juste. C'est plus sûr aussi. »

Affligeant, dans le fond, ton procès. Ils étaient tous contre toi depuis le début, ça faisait peine à voir. Il faut dire que tu avais l'air plutôt hébétée, ma pauvre Doudou. Mal peignée, encore plus sale que d'habitude, tes chaussettes roulées à la va comme je te pousse sur tes gros talons. Tout le monde a d'ailleurs trouvé que tu avais encore grossi. Énorme dans ton box, grosse de partout, des yeux aussi qui promenaient dans la salle un regard halluciné. Halluciné, c'est le mot qu'ils ont employé. Ils t'ont interrogée encore et encore. Tu marmonnais dans ta barbe. C'était pathétique. Un moment, tu as bien essayé, tu as bredouillé je ne sais quoi sur mon gentil papa. Trop tard, je les avais prévenus.

Personne ne t'a écoutée. Au contraire, tu les as encore plus indisposés, pauvre cruche, jusqu'à l'exaspération. Et ils avaient bien raison. Je leur avais bien dit. Les folles comme toi, on les enferme.

Ma chère vieille amie,

*Malgré tout le mal que tu m'as fait, j'aurais tant voulu
te défendre, rien que pour leur montrer que l'amitié, la
vraie, résiste à tout. Pas de chance, j'étais trop malade. De
tes deux petits coups de stylet ? Non, j'étais malade pour de
bon, d'un mal venu d'en dedans. Un mal de gorge, un tout
petit mal de gorge comme on en pond chaque année à la
douzaine. Bref, me voilà, quelques mois peut-être après
notre tragique étreinte dans le sentier, prise du poumon,
promise à une mort certaine.*

*Sinon, ma grasse dinde, je t'aurais défendue. Tiens,
avec des effets de manches, j'aurais dit : « Ne la jugez pas,
mesdames et messieurs les jurés. Parce que vous ne la con-
naissez pas, la Doudou de la Toque folle. Moi, je vous piaille
que derrière ce front buté d'idiote, ces gros yeux qui protu-
bèrent l'hallucination, il y a un mal caché, quelque chose
de cloué en elle, un mal plus grave que son désir de faire*

le mal. *Un horrible, énorme cancer laissé en son gros ventre par un excès de choux-fleurs et de haricots. Parfaitement, messieurs, mesdames et mesdemoiselles les jurés, un mal qui marine depuis l'enfance. Que dis-je, depuis la naissance. Une marque au fer rouge que je décelai très tôt chez elle, mais gardai secrète, par charité. Hélas, je ne devinais que trop, lorsque nous allions riant dans notre cher sentier, quelle lourde malédiction l'entraînait vers le fond. »*

Et toi aussi tu l'as toujours su, Doudou. Voilà donc le drame qui couvait et qui nous achève en notre vingt et unième année, un mal qui pardonne encore moins que les pauvres scrupules que soulève la poussière d'un lointain fait divers. Nous mourons toutes les deux d'en dedans, des gros bobos, la gorge pour moi, le ventre pour toi parce que tu comprendras que c'est dans tes entrailles que tu l'as de bien ancré, ton cancer pétant de gros oignon frit.

Mon impayable Domenica della Pazza,

Tu es une sainte. J'espère que cette lettre te parviendra quand même chez les fous, là où ils t'ont enfermée jusqu'à la fin de tes jours. Parce qu'il ne faut pas te raconter des histoires, ma vieille, tu es là à perpète. Qu'est-ce que je te racontais. Ah oui, une sainte. Sans broncher comme tu l'as fait, subir toutes ces âneries. Et digne avec ça. Droite dans le box, le regard illuminé par quelque grâce, soudain comme au-dessus des hommes, de leurs lois imbéciles. Eh bien oui, je n'ai pu m'empêcher de t'admirer. D'ailleurs, je ne sais pas si tu t'en es seulement aperçue perdue dans tes grandeurs, un moment, n'y tenant plus, une main posée sur ma poitrine chancelante, triomphant de l'implacable mal de gorge, je leur ai crié, dans les aigus c'est sûr, mon seul registre :

« Ne la brûlez pas, messieurs et mesdames les évêques. Elle n'a rien fait de mal que tanguer un peu trop fort une

certaine fin d'après-midi dans le sentier aux poules, pas loin d'ici. Comme d'habitude ce jour-là, elle n'a fait que reluquer et maintenant elle se croit en possession de la vérité. Vous ne savez pas ce que c'est, vous, tanguer, vraiment tanguer. Je veux dire pas dans un bateau. Car quel bateau pouvait-il y avoir dans cette sente anodine ? C'est son dedans qui tanguait à la malheureuse, son âme affolée d'enfant des faubourgs mal torchée.

« Comment est-elle arrivée à devenir une sainte ? Par quels détours ? Je ne le sais. Je l'ai perdue de vue après la mort de la fausse pucelle. Ne l'ai vraiment revue que ce jour fatidique où, sans prévenir, elle m'a sorti son plus beau stylet. À mon avis, elle est devenue une sainte après. Parce qu'avant, si vous l'aviez vue dans la fameuse brasserie, ce même jour de l'enterrement de mon papa, vous n'auriez pas donné cher de sa raison. À un moment, vous demanderez aux gens qui étaient là, j'ai des témoins, elle s'est mise à grogner comme un gros ours brun. Ça faisait peur. Le silence total autour de nous. " Tais-toi, arrête de grogner, ourse mal léchée ", lui ai-je dit. Il a fallu que je crie très haut, encore plus haut que de coutume, pour qu'elle cesse ses grognements.

« Mais elle a bien changé depuis, monsieur le curé. C'est pourquoi j'implore votre clémence. Voilà le dernier vœu d'une victime qui part du poumon. »

Tu te souviens, Doudou, ils m'ont applaudie. Mon plus beau discours, le bouquet avant la tombée du rideau.

Et toi, ma crotte sublime, tu t'es tue, en vraie sainte que tu es. Sans blague, tu devrais être canonisée. Vingt ans que tu souffres seule. Vingt ans que tu souffres en moi. Vingt ans que tu m'inventes.

Ma chère Margot,

Autant te l'annoncer tout de suite, même si je dois te faire mal, ceci sera ma dernière lettre. Après elle, n'attends plus aucune nouvelle de moi, plus aucune miette de pitié.

Je suis lasse, Margot. Lasse de tes ruses, de tes manigances. Ton dernier mensonge m'a achevée. Me faire croire que je t'invente. Pourquoi t'inventerais-je ? Mais parce que tu es morte, voyons, ça tombe sous le sens. Seulement, elle connaît sa petite Margot, la Doudou. Elle sait de quoi est capable la petite fille à son papi. C'est fatigant à la fin, tu n'arrêtes pas une seconde. Inventer, tu n'arrêtes pas d'inventer. Des fois tu me fais douter de tout, du sentier, de la mort de Crabe, de la brasserie, te rends-tu compte, même de la brasserie.

Ma chère Margot,

Autant te le dire tout de suite, j'ai décidé d'en finir avec ce jeu idiot. D'abord, ça n'a jamais été un jeu. Et si ça l'a été, il a trop duré. Tu vois, je suis calme, je me fais peur tellement je suis calme.

Parce que je ne suis pas aussi folle que tu le crois, ma chérie en sucre. Je pourrais même te la dérouler bien à plat notre histoire. Dans le fond, tout ce qu'elle risque, c'est de prendre un coup de vieux.

Tu t'es surpassée en saloperies au procès. Ta petite gueule blême, c'était pire que si je t'avais définitivement saignée.

J'ai tangué trop fort et je retanguerai encore.

Je suis une sainte.

Tu es partie du poumon.

La vieille aux roches s'est pendue et elle se rependra.

Tu as menti toujours et toujours. Pour Crabe il y a long-temps. Et tu as remis ça pour moi il y a vingt ans.

Je suis folle à lier.

Chaque fois que je crois t'apprendre un petit carré de vérité, tu connais déjà toute la surface et le périmètre avec.

C'est toi qui as tout gâché. J'avais presque oublié, moi, avançant dans le vacarme de la grande ville, promise à un brillant avenir. Je travaille dans un journal, je suis moche, je suis grosse mais j'ai de l'avenir. Et puis ton foutu faire-part. Le piège. Et moi, je marche. Toi, tu te dis : « Comment l'em-pêcher de parler à tout jamais, la Doudou, l'empêcher de salir la mémoire de mon cher papi, lui boucler sa gueule d'ourse ? » En montrant à tout Gnangnan que la Doudou est complètement dingue, folle comme c'est pas possible, comme personne ne l'a jamais été. Et ça roule. Des fois je ne me souviens même pas de t'avoir touchée avec mon stylet-canif. Une arme d'enfant. Tu me connais, moi, j'aurais pas fait de mal à un enfant.

Plus j'y repense, plus tout se brouille dans ma tête. À force de parler toute seule. Vingt ans qu'ils ne m'écoutent plus. Vingt ans qu'ils ne me lâchent plus.

Ma chère Margot,

Comme tu es impatiente ! Laisse-moi respirer un peu !
Au moins, je respirais quand tu étais morte. Mais mademoiselle ne veut rien entendre. Elle veut tout tout de suite, le
dénouement, l'épilogue, et on repart. Vraiment, ma grande,
je ne t'ai jamais lue en si belle forme. Et ton dernier poème,
tu aurais pu l'appeler « Strophes d'une revenante ». Mais non,
« Parfum de lilas », voilà le titre que tu as été foutue de lui
donner. Et tu attends mes commentaires. Eh bien non, nini
c'est fini, elle est fatiguée, la grosse Doudou.

Je me demande si j'aurai l'énergie de continuer. Ils bruis-
sent, murmurent, susurrent de plus en plus nombreux, de
plus en plus fort autour de moi. De plus en plus près. Ils me
cernent chaque matin, m'assiègent le soir, couchent au pied
de mon lit. Ils ne veulent rien savoir quand je leur beugle de
ficher le camp. Ils ne se découragent pas. Ils cherchent tes
lettres, ils ne me le disent pas, mais c'est sûr que c'est ce

qu'ils cherchent. Et ils ont eu le culot de me dire hier encore qu'ils ne les avaient jamais cherchées. Je rigole. Me traitent de menteuse, me disent que j'invente à tort et à travers. Et mon beau cocher, c'est moi qui l'ai inventé peut-être ?

La vieille folle aux roches – elle, elle est vraiment folle – est revenue. S'est ratée une fois de plus. Je vais lui proposer de l'aider la prochaine fois. Pour qu'elle ne se rate pas. Je te raconterai. On va rigoler.

Bon, voyez la petite jalouse, je t'entends piailler. Mais non, n'aie pas peur. Un jour je sortirai d'ici, ma chérie. Descendrai à la fois svelte et majestueuse le long de mon échelle de soie, nous irons toutes deux danser comme au bon vieux temps dans notre cher sentier. Et nous sentirons de nouveau le lilas.

L'odeur de mort sera partie, Margot, celle de Crabe et la tienne aussi. Les mots seront partis, ceux que je t'ai et que tu ne m'as jamais écrits. Les couleurs elles-mêmes auront fondu en une espèce de jaune pansu absolu. Il ne restera que nous deux, figées côte à côte dans le soleil, entre l'école et ta maison. Pour l'éternité.

Pauvre cruche. Tu y as cru. Ou tu veux me faire croire que tu y as cru mais ce n'est pas vrai, c'est un piège. Comme chacune de tes lettres d'ordures. Tu m'énerves. Combien de fois faudra-t-il te le dire ? Et puis arrête de m'écrire ! Arrête de m'écrire ! Ma saleté de Margot-Doudou, ma vache de Dominique de la choufleurie, une fois pour toutes, arrête de m'écrire !

Ma chère Margot,

Quand j'ai vu ta lettre en descendant le majestueux escalier de marbre de ma grande maison, c'est bien simple, j'ai
cru défaillir de bonheur. Bon, d'accord, la mort d'un père,
ce n'est jamais rigolo. Ton poème était formidable, sans blague, je t'assure. Tant d'années que tu ne m'avais pas donné
de tes nouvelles. Que je n'avais pas revu le visage du gentil
cocher.

Je ne sais pas d'ailleurs pourquoi il était si crotté, le joli
facteur. Il fait un temps épouvantable, mais ce n'est pas si
loin de Gnangnan à ici, surtout quand on a un bon cheval.

Ma chérie, j'aimerais tant en savoir plus, sur ce que tu es
devenue et tout et toute la chienlit. Tiens, je t'invite dès
maintenant. Viens donc travailler avec moi au journal. On
s'amusera, tu verras, on sortira ensemble. Le matin seulement, pas les fins d'après-midi ni le soir. Ça fait des années
que je ne sors plus le soir.

Ô Margot, tu seras la première lectrice de mes énormes romans et tu m'en diras de douces choses insipides et hypocrites comme tu sais si bien le faire.

Ou alors tu viendras ici avec moi. Avec ta tête de madone, tu les apprivoiseras tous. Ils ne viendront plus me faire du mal dans mon deux-trous. Ils nous ficheront la paix. Comme ça, on pourra partir ma chérie, chaque aube, vers notre cher sentier et nous étreindre dans sa poussière.

C'est quand même extraordinaire d'écrire tant de bêtises à mon âge, à croire que rien ne change. J'aimerais quand même que tu leur dises de ne plus chercher les lettres. Quelles lettres, je vous le demande ? C'est la première que je t'écris.

Bien sûr, je serai demain matin à Gnangnan, pour l'enterrement. J'irai avec mon plus bel imper. Je ne voudrais manquer ça pour rien au monde. Tu me reconnaîtras tout de suite. Toujours aussi moche, sale et grosse, les doigts en forme de rognons.

Ça s'est passé juste avant les poules.

Demain j'irai à Gnangnan. Et on recommencera. On ne fait que ça, recommencer. On passe notre vie à recommencer. Crevant, hein ma poule ?

AGMV Marquis

MEMBRE DU GROUPE SCABRINI

Québec, Canada
2001